KB075314

마음을 보내려는 마음

마음을 보내려는 마음

박연준 에세이

창비

차례

다락은 높고 마음은 낮은

고양이에게 '높이'라는 숨숨집이 필요하다면
인간에게는 '다락'이라는 은신처가 필요하다.

책을 쓰는 동안 다락에 앉아 있다고 상상했다. 필요해
서 그랬다. 세상과 거리를 확보해 세상을 그리워할 수 있는
공간이 필요했다. 넓고 매끈한 공간이 아니라 잉여의 공간,
잊힌 공간에 머물고 싶었다. 세상과 단절된 공간을 찾으면
서도 창문에 배를 맞대고 살아가는 고양이처럼 유연하게
존재하고 싶었다. 모든 것과 단절되었다는 감각은 꿈꾸기
에도 사유하기에도, 세상을 사랑하기에도 좋았다. 지금 세
상에서는 도저히 가질 수 없는 감각이라 상상이라는 안간

힘이 필요했다.

　글을 시작하고 시간이 흘러, 스스로 쓰고 있음을 자각하지 못하는 상태가 되었을 때 '본격적으로' 머문 공간이 다락이다. 먼지와 거미, 작은 쥐들의 뛰어다님, 오래된 책, 고장 난 선풍기, 작고 더러운 창문으로 불투명하게 보이는 세상⋯⋯ 다락은 높고 멀고 아득해 무엇과도 닿지 않으면서 무엇이든 굽어볼 수 있다. 낮은 지붕 아래 생각을 풀어놓으면 하루나 이틀, 혹은 더 먼 시간까지 그 생각 안에만 잠길 수 있게 한다.

　다락에 앉아 오래 들여다보고 싶은 마음에 밑줄을 그었다. 낡고 사라져가는 것, 존재하지만 제대로 들여다보지 않으면 볼 수 없는 것에 대해 생각했다. 새벽, 고양이, 유실물, 달력, 편지 같은 것. 기억에서 사라진 것이 추억으로 쌓인 곳에서 글을 쓰는 기쁨이 있었다.

　책에 실린 글은 2021년 가을부터 2024년 여름까지 썼다. 계절이 열두번 바뀌는 동안 흰 고양이와 검은 고양이가 차례로 내 삶에 도착했다. 먼 곳에서 순서를 기다리다 시간에 맞춰 착착 도착했다는 듯, 태연한 도착이었다.

알맞다. 비로소 모든 것이 알맞다는 생각이 든다.

높은 곳에 엎드린 고양이들이 묻는다.

다락이 높다면 당신은 그곳에 무엇을 올려두겠어요?
마음이 깊다면 당신은 그곳에 무엇을 숨기시겠어요?

질문이 칙칙폭폭 흘러가고, 나는 답 없이 질문으로 가
득 찬 방 하나를 가진 사람. 오래도록 내려오고 싶지 않다.
다락은 높고 마음은 낮으니, 내 낮은 마음을 당신 쪽으로
보내려 한다.

누추한 다락을 오래도록 들락거리며 책의 완성을 도
운 박지영 편집자와 글을 아껴 읽어준 요조님께 감사와 사
랑을 전한다.

2024년 8월

박연준

1부

마음을 보려고
돋보기를 사는 사람처럼

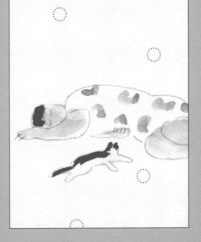

새벽은 사라지기 위해
태어나는 것 같다

고양이가 집에 오고부터 새벽은 소리로 온다. 작은 소리로 야옹, 노크하듯이 도착하는 새벽.

나 여기 있어. 나를 완전히 잊은 채 잠들지는 마.

고양이는 새벽을 이끌고 침실로 온다. 거실 소파에서 잠들었던 고양이가 잠에서 깬 뒤 혼자 있기 싫다는 듯 침실로 들어오는 시각이 새벽 4시나 5시다. 요새는 예전처럼 길고 구슬픈 소리로 울지 않는다. 자신이 침실에 등장했다는 걸 알리려는 의도로 짧게 몇번 야옹거릴 뿐이다. 고양이의 기척으로 알아챈다. 새벽이구나. 잠시 머물다 갈 새벽이 왔구나.

이리 와. 여기 침대로. 내가 손바닥으로 침대를 두드

리면 고양이는 딴청을 피운다. 어둠 속에서 이쪽을 가만히 보고 있다. 집사가 일어날 생각이 있는지 살피는 게다. 아무래도 내가 일어날 것 같지 않으면 그제야 침대로 뛰어올라온다. 도톰한 패드에 꾹꾹이를 하며 자기만의 의식을 치른 후 엉덩이는 내 쪽으로, 얼굴은 문 쪽으로 자리를 잡고 엎드린다. 나는 새벽을 토닥이듯 고양이의 등을 쓸어준다. 우리의 불안을 달랜다.

우리는 함께 그루잠을 잔다. 깨었다가 다시 드는 잠. 하루 중 내가 좋아하는 순간이다. '그루잠'이라니. 말의 어여쁨을 생각한다. 새벽에 작은 잠 한그루를 심는 일 같다. 우리는 기회를 한번 더 얻은 것처럼 안도한 표정으로 잠든다. 손끝으로 고양이의 체온, 따뜻한 털의 감촉을 느끼면서.

새벽은 아침이 오기 전에 잠깐 머물다 사라진다.
새벽은 사라지기 위해 태어나는 것 같다.

새벽은 비어 있다. 빛도 없고 어둠도 없고, 텅 빈 시간 같다. 어떤 사람은 평생 새벽을 모르고 살 수도 있다. 어린 사람은 특히 그렇다. 그들은 새벽을 잠으로 보낸다. 잠이 깊어 새벽이 오고 가는 걸 보지 못한다. 새벽을 모른 채 아침을 맞는 생활은 삶을 자명하게 해준다. 자명한 아침, 자명한 점심, 자명한 저녁, 자명한 밤. 그들의 하루는 네등분으로 나뉘어 굴러간다. 부지런한 사람이나 괴로운 사람이나 고단한 사람이나 쓸쓸한 사람이나 활기찬 사람이나 걱정이 있는 사람이나 걱정이 없는 사람이나 늙은 사람이나 아픈 사람이나…… 아주 많은 사람에게 새벽은 하루의 한 부분으로 분명히, 온다.

언젠가부터 내게도 새벽이 왔다. 나 역시 오등분으로 나뉜 하루를 갖게 되었다. 전에는 새벽을 몰랐다. 혈기 넘치던 시절, 밤과 낮의 구분을 우습게 여기던 그때는 새벽을 휘저으며 함부로 깨어 있었다. 새벽을 밤에서 아침으로 넘어가는 시간, 샌드위치 속 양상추처럼 여겼다. 새벽을 만나도 새벽을 알았다고 할 수 없었다. 그땐 새벽의 시끄러운 침묵, 몸을 둘러싼 찬기를 몰랐다.

잠에서 밀려나듯 놓여났을 때 마주한 것이 새벽이라

면 얘기가 다르다. 새벽은 누가 떠다놓은 한사발 찬물처럼 존재한다. 고요하고 차고, 언제라도 증발할 준비가 되어 있다. 새벽에는 정화의 기운, 절망의 기운, 무심의 기운이 서려 있다. 나는 세가지를 고루 느끼며 새벽의 한가운데 가만히 앉아 있다. 잠에서 깨어나 마주한 게 새벽이구나, 감각한다. 새벽은 눈 코 입 귀에 먹빛 적요를 입힌다. 나는 모든 것을 느끼거나 아무것도 느끼지 못한다.

음악은 듣지 않는다. 새벽에 듣는 음악은 위험하다. 슬픈 음악은 내장을 찌르듯 몸을 휘저어놓고, 흥겨운 음악은 몸을 흔들어 다른 곳으로 달려가고 싶게 만든다. 새벽이 되도록 닫히지 못한 한쌍의 귀, 그러니까 새벽의 귀는 다른 존재가 될 준비를 마친 귀다. 평소에 하지 않던 일, 숨겨둔 기억, 울지 못한 시간들, 애써 눌러놓은 온갖 마음과 감각을 해장할 준비가 된 귀다.

잠들면 아침까지 깨지 않고 숙면을 취하던 때가 있었다. '튼튼한 잠'이라는 배를 가진 선장처럼, 자랑스러움을 느껴도 좋을 일이었다. 요새는 새벽에 자주 눈이 떠진다. 고양이가 새벽을 데리고 도착하기 전에 깰 때도 많다. 침대 시트에 얼굴을 부비며 잃어버린 것과 조우한다. 눈뜨자마자 만나는 게 잃어버린 것들이라니 늙어가나, 생각한다. 만질 수 있을 것 같지만 만질 수 없는 것들을 그리워한다. 사라진 게 실체가 아니라 무형의 감각, 무형의 온기, 무형의 감정이라 고통스럽다. 새벽의 얼굴은 부재하는 것들로 인해 볼이 움푹 파인다. 유분이 날아간 얼굴 표면을 문지르고 세상에서 혼자 돋아나 있다는 걸 감각한다. 혼자 돋아나 혼자 살다 혼자 죽어야 할 몸이 나로구나. 돌아눕자 침대 귀퉁이에 놓아둔 책들이 떨어진다. 딱딱한 것들이 부딪치며 내는 소리. 소리의 실감을 겪는다. 읽다 잠든 책의 제목이 기억나지 않는다. 침대 옆에 협탁을 두면 좋을 텐데, 이 생각을 수년 동안 했다. 나는 협탁 없이, 머리맡에 책과 안경을 아무렇게나 두고 잠드는 생활을 수년 동안 했다. 중요한 일은 아니다.

베갯잇을 만지작거리며 새벽이 흐르는 것을 지켜보고 있다. 완전히 일어나긴 이른 시각이고 깊은 잠은 오지 않을 것 같다. 곧 고양이가 올 것이다. 우리는 같이 그루잠을 잘 것이다. 이 글은 새벽을 빌려 썼다.

그곳에 한참을 서 있던 아이

매 순간 성실히 사라지는 것을 생각하면 숨이 막힌다. 잃어버린 줄도 모른 채 잃어버리는 것은 얼마나 많은가. 물건만이 아니다. 물건을 둘러싼 생각, 기억, 추억을 잃어버렸다. 시, 사람, 기분을 잃어버렸다. 기쁨, 슬픔, 사과해야 할 타이밍, 포옹과 눈빛을 나누어야 마땅했을 인사를 잃어버렸다. 휘파람, 라일락, 고백을 잃어버렸다. 어려움 없이 누리던 모든 '첫', 순수한 호의, 갈망, 몸에 내려앉은 떨림을 잃어버렸다.

현재 내 유실물 보관함에 있는 것들과 특이사항

떨림

아날로그식입니다. 숫자보다 바늘이 중요합니다. 상하좌우가 없습니다. 공책을 펼치면 신이 납니다. 쓰다가 고꾸라집니다. 지우개가 등장합니다. 몸이 흔들립니다. 손의 기쁨, 손가락들의 곤두섬, 미쳐 날뜀. 손글씨와 비슷합니다. 터질 것처럼 기분의 혈관이 팽창합니다. 고백하기 전 헛구역질, 가시 같은 눈, 눈의 시작과 끝. 입술 벌어짐. 머리를 자주 긁습니다.

산보

모자 하나 양산 둘 지팡이 셋. 일없이 흔들흔들 걷기. 진출하지 않고 흐르기. 한곳에서 멀리 가기. 모자 둘 양산 하나 호주머니 다섯. 한걸음에 하나씩 꺼내보는 옛날, 옛날, 옛날들. 미래를 기다리지 않고 순간을 잡아채지 않고 멈추며 걷기. 걸으며 멈추기. 찾습니다. 즐거운 다리 두개.

유년

떠난 적 없는 출발. 멈춘 적 없는 도착. 저녁을 먹고 마루 끝에 앉아 있으면 차오르던 눈물. 떠나야 할 것 같기도 하고 도착해야 할 것 같기도 한 빈 마음. 빈 배 안에 들어 있던 허기. 복도 끝의 복도 끝의 복도 끝의 복도. 그곳에 한참을 서 있던 아이를 찾습니다.

일기장

이야기들의 무덤. 초록으로 뒤덮인 죽음. 환원이 불가능한 기분을 종일 분사噴射하던 시간. 벽 없는 집. 그걸 왜 다 버렸을까요? 사실 찾고 싶지 않습니다.

시

손가락들이 누리는 의기양양함. 무릎으로 걷다 피가 나면 입으로 호로록 빨아 먹던 시간들. 페인트같이 끈적이고 걸쭉한 것. 가벼운 것. 잡아놓아도 수시로 도망가는 똥파리. 밥상 위의 저공비행. 찾습니다. 손과 종이를 부릴 수 있다는 듯 거만한 연필들. 연필들의 허세. 공책에서 태어나

허공에 박히며 끝장을 보던 소리들. 소리. 소리. 소리를 찾습니다.

첫

시간이 지나면 누구나 뒤에 섭니다. 뒤에 설 수밖에 없습니다. 욕심을 내면 안 됩니다. 앞은 까마득합니다. 벼랑처럼 까마득하지요. 벼랑은 힘이 센 것들의 몫입니다. 벼랑은 앞, 벼랑은 '첫'입니다. 떨어지면서 시작하죠. 맨 뒷줄에 선 사람은 편평함과 가까워집니다. 누울 일이 많지요. 땅과 수평이 되도록 눕습니다. 벼랑은 아니죠. 이제 남아 있는 벼랑이 많지 않겠지요. 갓난아기들에게는 온 세상이 벼랑입니다. 침대도 소파도 식탁도 벼랑이지요. 방바닥도 벼랑입니다. 쿵쿵, 처음처럼 박살 날 위험이 언제든지 있습니다. 당신이 '첫'과 멀어졌다면 위험에서 멀어졌다는 것. 시간이 지나면 누구나 뒤에 섭니다. 땅 위에요. '첫'은 되찾기 어렵습니다. 까마득한 벼랑까지 올라가야 하니까요. 겸허해져야 올라갈 수 있어요. 놀란 토끼 눈이 필요합니다.

심심함

발견 즉시 현대인들에게 사살당함. 그대로 놔두는 일이 좀처럼 없음. 멸종 직전. 혹시 이 상태를 모르겠다면 집에 있는 개나 고양이에게 물어볼 것.

기다림

이제 아무도 기다리지 않습니다. 착한 개들을 제외하고는 누구도 기다리려 하지 않습니다. 버스, 친구, 연인, 불행과 행복은 순차적으로 옵니다. 질서와 예의가 있죠. 예고와 계획을 가지고 옵니다. 대부분의 사람들은 예측 가능한 세계에서 예측 가능한 일들을 봅니다. 겪는다기보다 보는 일이 더 많아요. 현대인은 보는 게 직업입니다. 둘러보죠. 진짜 삶이 어디 있나, 주욱 둘러보다 잠듭니다. 이제 약속이나 사전 알림 없이 벌어지는 일들은 사건과 사고로 분류되어 처리됩니다. 욕을 먹습니다. 불쑥 찾아오는 손님, 갑자기 걸려오는 전화, 무작정 무언가를 기다리는 사람들은 현대교양인사전에 나쁜 예로 등재됩니다. 비를 맞으며 한시간 두시간 누군가를 기다리는 일, 엿가락처럼 길어진 시간을 경험하는 일은 사라지고 있습니다. 착한 개들을 제외하고는 누구도 기다리려 하지 않습니다.

골동품과 유실물은 같은 공간에 담긴다. 서로를 노려본다. 낡아가는 일과 잊히는 일 중에 무엇이 더 나쁜가 생각한다.

비밀은 '멈춤'에 있다

친구들과 올해의 화두를 하나씩 나눠 가졌다. 자신의 화두(혹은 문장이나 단어)를 엽서에 적어 와 다른 이에게 건네는 방식으로 나눴다. 다른 사람의 화두를 내 것으로 간직하는 일이 새로웠다. 묵직한 선물을 받은 기분이었다. 내가 받은 엽서에는 이런 문장이 적혀 있었다.

"멈춤. 무엇을 멈출 것인가?"

깜짝 놀랐다. 멈춤! 그것은 내가 수시로 하는 일 아닌가. '멈춤'은 오래전부터 내 속에서 자라난 화두이기도 했다. 힘을 가늠하고 싶어서, 정신을 차리고 싶어서, 몸을 사용해 마음을 다듬고 싶어서 나는 다양한 멈춤을 시도한다. 스스로에게 불만이 생길 때, 생활에서 성장이 느껴지지 않을 때, 변화가 필요하다는 생각이 들 때 소소하게 멈추는 일을 시도한다. 오랜 버릇이다. 하나라도 내 의지로 멈출 수 있다면!

나는 스마트폰 사용을 18개월 동안 멈춘 적이 있다. 스마트폰에서 멀어지자 온갖 것이 돌아왔다. 읽기 능력(집중해서 오랫동안 읽는 능력!)과 시적 기운, 오감, 영감, 그게 뭐든 잃어버린 감각이 살아났다. 글쓰기가 전보다 자연스럽고 쉽게 느껴졌다. 읽고 쓰고 생각하는 일 말고는 딱히 할 일이 없었다. 그때 시와 산문을 많이 썼다. (조만간 스마트폰 사용을 다시 멈춰야 하지 않을까, 진지하게 고민하고 있다.) 시시때때로 빵이나 과자, 인스턴트식품 섭취를 멈추기도 한다. 시작할 때는 의기양양하지만 대체로 일주일이 지나면 '이제 그만 빵 끊기를 끊겠습니다' 선언하며 돌아온다. 육고기를 먹지 않고 비건을 지향하는 삶은 수년 동안 이어오고 있다. 물론 완벽할 수 없고 고기를 먹은 적도 몇 번이나 있지만 지금까지도 노력하는 '멈춤' 중 하나다.

멈추는 일은 어렵다. 멈춤을 멈출 때, 원래대로 돌아

오는 속도는 상상 이상으로 빠르다. 사람들은 자신이 해오던 걸 하려 한다. 관성을 끊어내기, 하던 행동을 멈추기 위해선 힘이 필요하다. 가령 식단 조절을 통해 체중 감량에 성공한 사람은 먹고자 하는 욕망을 멈추는 데 성공한 사람이다. 그들이 성취감을 느끼는 이유는 그들이 가꾼 힘, 통제력의 가치 때문이다.

내가 높이 사는 멈춤은 끊어내는 일이 아니라 머무르는 일 stay 에 가깝다. 무언가를 더 하거나 덜 하는 게 아니라 하지 않는 일이다. 움직임에서 벗어나 고요를 간직하는 일이다. 아이들이 하는 '그대로 멈춰라' 놀이를 생각해보자. 움직이던 아이가 가만히 멈춰 있기 위해서는 흔들리는 몸을 잡을 수 있는 힘, 노련함, 정지를 유지할 수 있는 인내심이 필요하다. 무용수의 경우를 생각해보자. 동작을 빛나게 하는 건 멈춤이다. 멈춤 역시 '춤'이다. 무용수가 역동적인 동작을 취한 후 그 상태로 1~2초 정도 멈출 때, 호흡의 들림, 눈부신 멈춤의 순간을 위해서는 엄청난 힘이 필요하다. 코어근육, 서로 반대 방향으로 뻗어내야 하는 팔과 다리, 브

레이크 역할을 하는 등근육, 힘이 있어야 할 수 있다. 내가 취미로 다니는 발레학원에서 선생님은 늘 이렇게 말한다.

"허벅지 안쪽에 지퍼가 있다고 상상하고 지퍼를 꽉 잠그세요. 엉덩이를 꿰맸다 생각하고 절대 풀지 마세요. 멈출 땐 등으로 브레이크를 잡아요. 나아가는 반대쪽으로 팔을 뻗어야 안 넘어져요. 음악에 쫓기지 말고 음악을 끌고 가세요."

가만히 보면 모두 '순간 멈춤'을 잘하기 위한 지시사항이다. 춤을 춰본 자는 알 것이다. 몸을 움직이는 것보다 움직인 몸을 흔들림 없이 돌아오게 만드는 일이 더 어렵다는 것을. 발레 선생님이 자주 하는 말은 "스테이!"다. 머무르라는 명령. 멈추라는 게 아니다. "멈추지 말고, 그 자리에서 계속 길어지세요!" 머무른 상태에서 계속 자라기, 멈춤을 머금은 채 성장하라는 말이다. 턴할 때 여러 바퀴를 도는 것보다 중요한 건 돌고 난 뒤 그 자리에 멈춰 서는 것이다. '그랑 주떼'grand jeté 는 공중에서 다리를 일자로 뻗은 상태를 보여주는 점프 동작이다. 이 동작이 우아해 보이려면 무용수가 공중에서 두 다리를 뻗은 순간을 찰칵(멈춤!), 사진에 찍히듯이 보여준 다음 착지해야 한다. 프로 무용수의 동작을 보면 공중에서 그의 시간만 잠시 멈춘 듯 황홀하게 보인다. 새도 아닌 인간이 어떻게 허공에서 머무를 수 있단 말인가. 비밀은 '멈춤'에 있다.

　　모든 프로는 '멈춤'에 능한 자들인지도 모르겠다. 어디에서 얼마 동안 멈출지, 어떤 상태로 멈출지 결정하고 실행하는 자들 말이다. 멈춤은 자신과 상황을 통제 가능한 상태로 만드는 기술이다. 요리사가 재료를 손질하고 간을 맞출 때, 연주자가 악기를 제 몸처럼 다룰 때, 시인이 종이에 언어를 풀어놓거나 거둘 때, 축구선수가 공을 드리블하다 찰 때, 중요한 건 통제력이다. 힘이 넘치지 않게 조절하면서 그 힘을 펼쳐내는 것. 펼쳤다 멈추고 다시 펼치며, 아코디언처럼 능력을 연주할 수 있는 것. 허들 선수가 허들을 넘을 때 공중에서 몸을 비틀며 잠깐 멈춤! 그다음 다시 달려나가는 일, 힘의 완급 조절이 중요하다.

　　멈추는 자는 자신을 세우고 싶어한다.('멈춰 세우다'라는 말을 음미해보자.) 멈춤 다음에 오는 변화, 달라진 삶,

더 나은 방식으로 스스로를 세우는 일. 나는 모든 멈춤의 순간이 좋다. 일시정지, 숨을 들이마신 채 공중에서 머무르는 발롱 ballon, 발레에서 무용수가 마치 공중에 떠오르는 것처럼 몸을 유연하고 부드럽게 들어올리는 능력, 시 속의 침묵, 악보의 쉼표로 활약하는 멈춤을 사랑한다. 세상의 모든 사진은 멈춤의 결과다. 건드리지 않으면 사물은 언제나 한곳에서 멈춰 있다. 사물의 고요함. 유지성. 출발신호를 기다리는 육상선수의 웅크린 멈춤. 사냥하기 전 엎드려 기다리는 고양이의 멈춤. 멈춤에는 기대와 고요, 긴장과 유연함이 고루 들어 있다.

　무엇을 멈출 것인가. 생활에서 불필요한 모든 것을 멈추고 싶다. 당장! 멈춤을 향한 이 갈망도 멈출 수 있을까?

혼탁한 마음 관찰기

*

마음에 가시가 산다. 조금만 돌보지 않아도 안팎을 할퀴어놓고 여기저기 흠집을 낸다. 마음은 실체가 없어 티 나지 않는다. 마음은 많은 것을 몸에 넘긴다. 몸은 두꺼운 피부조직으로 둘러싸인 커다란 덩어리여서 티가 난다. 몸을 돌보려는 사람은 마음을 살펴야 하고, 마음을 돌보려는 사람은 몸을 살펴야 한다. 어려운 일이다.

스무살 땐 몸의 사랑과 마음의 사랑을 한사코 나누어 생각했다. 플라토닉한 사랑을 더럽히는 건 몸이고 에로스적인 사랑을 방해하는 건 정신이라 생각했다. 둘 중 더 나은 사랑이 있다고 믿었다. 결국 같은 층위에 있는 것임을 몰랐다. 마음을 보려고 돋보기를 사는 사람처럼 어리석었다.

마음을 보는 가장 좋은 방법은 글쓰기다. 중심을 잡기 어렵다면 중심을 잡기 어려운 상태를 그대로 기록해보는 게 좋다. 쓰기는 언제나 도움이 된다. 마음과 몸, 둘 다를 볼 수 있다. 솔직한 쓰기는 상황을 인식하게 하고, 인식은 치유를 가능하게 한다.

*

딱딱한 생활, 그런 게 있다. 잠에서 깨어났는데 움직이기 싫고, 어깨에 젖은 솜을 이고 진 듯 무겁고, 머릿속은 엉켜 있고, 비염으로 눈물과 콧물을 흘리며 시작하는 아침. 이런 날이 자주 반복된다면 어딘가 막힌 게다.

몸에도 교통체증이 일어난다. 흘러가야 할 게 흐르지 않고 막힌 기분이 든다. 할 수 있다면 바늘로 정수리에서부터 발끝까지 찔러 '작은 구멍'을 내고 싶다. 불순물이 빠져나가도록, 흘러야 할 게 다시 흐르도록 하고 싶다.

31

봄이 당도했다는 소문이 들린다. 겨우내 입은 패딩이 의자에 아무렇게나 걸쳐져 있다. 세탁소에서 겨울옷에 한하여 세일한다고 문자를 보내왔지만 내겐 힘이 없다. 겨울옷을 들고 나가 세탁소에 맡기고 며칠 후 찾아오는 일이 언 땅을 삽으로 파는 일만큼 고역으로 느껴진다. 몸과 마음이 흐르지 않기 때문이다.

*

의자에 걸어둔 패딩은 죽은 펭귄 같다. 지난 계절의 옷은 계절이 끝날 때마다 죽는다.

아무것도 하고 싶지 않은 이유를 생각하다 그만둔다. 너무 많거나 적다.

*

어느 날은 내 문학이 끝장난 것 같다. 틀렸구나. 나는 틀렸어. 다른 날은 새로 해볼 수도 있을 것 같다. (이런 두려움을 말한 적 있던가?) 사람들은 느끼는 걸 다 말하지 못한다. 첫번째는 두려움 때문이고(말한 것이 진실이 될지도 모른다는 두려움), 두번째는 느낌의 실체를 알 수 없어서다. 페르난두 페소아는 "느낀다는 것은 산만하다는 것"이라고 했다. 느낌은 도처에 있다. 사방으로 뻗어나가고 아무곳에서나 수렴된다. 온몸으로 느끼고 온 정신으로 산만한날들. 무력하다. 권태는 시선의 초점을 하나로 모으기 힘든상태다. 내 눈은 아파트 CCTV처럼 맥없이, 커다랗게 부릅뜬 상태다. 깜빡이지 않고 보는 눈은 의미 없이 담아내거나모조리 흘려버린다. 눈앞에 산재한 일들을 그대로 방기하는 것이다. 무엇 하나 마음에 간곡히 담을 수 없어 마음의괄약근을 놓아버린 상태다. 초점 없는 눈.

몸과 마음에 문제가 생겼다.

프리모 레비는 아우슈비츠에서 살아남은 자들은 아무리 힘든 상황에서도 최소한의 몸단장을 하려 한 사람, 시한 구절을 끝까지 외우려 한 사람, 끝까지 유머를 잃지 않으려 노력한 사람이라고 했다. 부족한 물로 세수를 하고 시를 외우고 가벼운 유머를 구사하던 사람이 지옥에서 살아 돌아온 모습을 상상하면 울고 싶어진다. 인간은 지옥을 만들기도 하고 지옥에서 살아남기도 한다. '지옥'이라는 말을 어떻게 발음해야 할지 몰라 도망다니기도 한다.

가느다랗더라도 끈을 놓쳐선 안 된다. 끈은 마음의 바깥이고, 몸의 안쪽이다. 끈을 놓아버린 사람(놓쳐버린 사람)의 삶엔 가벼운 세수도, 초라한 시도, 딱딱한 유머조차 없다. 어느 때는 끈이 나를 동여매고 대롱대롱 견디는 듯 보인다. 허공에서, 내가 끈을 붙잡고 있는 게 아니라 끈이 나를 붙잡고 있는 것 같다.

*

카페에서 책을 읽고 있는데 나이 지긋한 분들이 끝없이 들어온다. 세어보니 스물두명이다. 그들은 너비가 넓은 테이블에 둘러앉아 커피나 차를 마신다. 모자를 쓴 사람이 여덟, 짧은 머리에 파마를 한 사람이 여섯, 검은 옷을 입은 사람이 일곱, 손주를 데려온 사람이 하나. 누군가는 얘기를 하고 누군가는 듣고 누군가는 딴생각을 하고 누군가는 스마트폰을 만진다. 모두 가느다란 끈에 가까스로 매달려 있다.

*

　텔레비전 뉴스 채널을 본다. 뉴스가 끝나지 않는 뉴스. 아침부터 밤까지 쉬지 않고 계속된다. 정말 'news'가 맞나? 채널을 돌리면 연예인들이 둘러앉아 무언가를 먹는다. 먹고 먹고 또 먹는다. 맛있다고 먹고 새롭다고 먹고 아는 맛이라고 먹는다. 다른 채널에서도, 또다른 채널에서도 계속 먹는다. 게임을 해서 이긴 팀이 먹는다. 크게 한입을 먹고 옆에서 구경한다. 먹고 싶다고 한다. 다른 채널에선 캠핑을 가서 먹고, 또다른 채널에선 휴게소에 가서 먹고, 또다른 채널에선 혼자 먹는다. 세상이 미쳤나? 먹는 것을 싫어하는 사람은 드물겠지만 어떻게 계속 먹는 것만 보여주는가? 먹는 것을 계속 보고 있어야 하는가?
　일상에도 '화면조정' 시간이 필요하다.

*

　명상을 하기 위해 음악을 고르고 바닥에 앉는다. 가부
좌를 하고 눈을 감고 심호흡을 한다. 합장을 한 채 몇분 동
안 음악에 귀를 기울인다. 어깨가 아프고 목덜미가 뻐근하
다. 양팔을 활짝 벌려 큰 원을 그린 뒤 다시 합장한다. 합장
한 손을 풀어 상체를 바닥 가까이 밀착하듯 엎드린다. 깊은
호흡과 함께 음악에 맞춰 같은 동작을 스무번쯤 한다. 음악
이 뼈, 심장, 간, 마음을 훑고 지나다닌다. 등 뒤로 고양이가
지나가는 게 느껴진다. 눈 뜨지 않는다. 음악에 실려 먼 곳
으로 나아가고 있다고, 몸에 갇힌 통증과 마음에 낀 타르를
먼 곳으로 흘려보내고 있다고 상상한다. 명상에도 방법이
있겠지만 모르겠다. 내 마음대로 음악에 마음을 기대게 하
고 몸이 따라가게 둔다. 바닥에 누워 숨을 고르는데 별안간
눈물이 쏟아진다. 나는 왜 우는가?

　죽은 새를 기억해낸다. 명상 끝, 마음을 종이처럼 활
짝 펼쳐 보인 곳에서 죽은 새를 다시 본다. 내가 본 건 지난
계절 아파트 단지에서 죽은 새였는데. 내 마음에도 죽은 새

가 있었다. 명상 끝, 내 속에서 죽은 새와 마주했다. 날갯죽지에 부리를 묻고 죽어 있는 새를 보았다.

기다란 팔을 가진 짐승에게 업혀 있고 싶다고 중얼거린다. 나를 어르고 달래고도 남는 기다란 팔을 가진 짐승, 팔로 내 몸을 친친 감을 수 있는 짐승이라면 좋겠다. 그 등에 업혀 사흘 동안 잠들 수 있다면. 나는 지쳤다는 것을 인정한다.

스스로 의심하기 시작하면 힘들어진다. 모두가 나를 믿지 않아도 내가 나를 믿는다면 괜찮지만, 스스로를 믿지 못하면 괜찮지 않다. 할 수 있을까, 피어나는 한움큼의 의심. 미래에 대한 두려움은 '미래의 나'에 대한 두려움이다. 나는 왜 과거를 지나 이렇게 살아남아놓고도, 미래의 나를 믿지 못하는 걸까. 명상을 하다 눈물이 터진 건 어쩌면 나에 대한 미안함 때문인지도 모르겠다.

*

나를 통제하려는 건 나뿐이다. 욕심이 통제 욕구를 만

든다. 통제당한 마음은 몸을 옥죄고, 통제당한 몸은 마음을 방기한다. 이 반복이 인간을 고통스럽게 하는 걸까. 그렇다면 무엇이든 허용해볼까. 의무와 책임으로 꾸려진 삶의 고삐를 풀어볼까.

죽은 새가 마음에 있다는 것을 알았다. 날지 않던 방식으로 날아봐야겠다.

'노닐 소逍'에 '바람 풍風'

새해 첫날엔 수첩을 펼쳐 그해 소망이나 계획을 끼적여보는데, 몇해 전 그날도 그랬습니다. 한 해 동안 무엇을 많이 해야 행복할까 생각하다 불현듯 '소풍'이라는 두 글자가 떠올랐습니다. 새삼 두근거리더군요. 소풍을 자주 갈 수 있는 한 해라면 얼마나 행복할까요? 마지막 소풍이 언제였는지 당신은 기억하시나요?

어릴 때는 소풍이 학기마다 주어진 일과처럼 도착했습니다. 원하지 않아도 참석해야 했으므로 반갑지 않았어요. 전 학년이 떼로 줄지어 버스를 타고, 줄지어 내리고, 우왕좌왕 서 있다가 돗자리를 펼치지요. 불편한 자세로 앉아 흡입하듯 김밥을 먹고, 조금 돌아다니다 다시 줄을 섭니다.

인원수를 체크할 때면 꼭 자리에 없는 친구들이 있지요. 그들을 찾아다니거나 기다렸다가 다시 버스를 타고 집으로 돌아오는 일이 조금도 재미있지 않았습니다. 게다가 소풍의 하이라이트라고 하는 '보물찾기' 말인데요. 저는 한번도 '보물'(보통 글자가 쓰인 쪽지지요)을 찾아본 적이 없는 사람으로서 불만이 많았습니다. 의욕이 없었는지 눈썰미가 없었는지 둘 다인지 모르겠지만 보물은 늘 저를 피해 가더군요. 끝나고 친구들이 받은 상품을 구경해도 싱겁기는 마찬가지였습니다. 기껏해야 연필이나 공책, 문구류인데 그것들을 보물이라 부르기엔 억지가 있다고 생각했지요. 그때! 제 머릿속에서 '소풍'이라는 두 글자가 진부한 단어로 변질되어버린 모양입니다. 성인이 되고 나서 한참 뒤에도 소풍을 가고 싶다는 생각이 안 들었거든요.

그런데 어느 날 못 견디게 소풍이 가고 싶더군요. 하지만 주위를 보면 죄다 바쁜 사람들이라 그들을 붙잡고 "소풍 가자"는 말이 나오지 않았습니다. 시간은 계속 흘렀지요. 소풍을 떠나지 못하는 인생에 대한 불만이 최고조로 쌓이던 무렵, 한 해의 계획을 '소풍 많이 가기'로 세운 게지요.

　그해에 저는 어떻게 되었을까요? 드디어 소풍을 즐기는 사람이 되었을까요? 놀랍게도 저는 단 한번의 소풍도 가지 못했습니다. 말하고 나니 서글프네요. 무엇이 저의 소풍을 막은 걸까요? 시간이 없었을까요, 갈 마음이 없었을까요? 강연이나 북토크에 참여하기 위해 종종 서울을 벗어나지만 그것을 소풍이라 할 순 없지요. 제주도나 해외로 여러 날 여행을 다녀오기도 하지만 그 역시 소풍은 아닙니다.

　소풍은 여행보다 가볍고, 마실보다 무겁습니다. 외출은 외출이지만 목적이 있는 외출은 아니지요. 여행이 휴가를 얻어 일정을 짜고 먼 곳으로 다녀오는 '사건'이라면, 소풍은 '느슨한 일상'입니다. 풍선 같은 걸음으로 나가서 휘파람을 불며 돌아오는 게 소풍입니다. 여행이 앞으로 나아가는 일이라면 소풍은 한자리에 머무는 일입니다. 여행이 후유증과 추억, 피로나 여흥을 남긴다면 소풍은 별다른 것을 남기지 않습니다. 이곳에서 조금 떨어진 곳의 바람 냄새 정도를 머리카락에 묻혀올까요? 소풍은 쉬었다는 기억을 남깁니다.

혼자도 좋고 여럿도 좋지만, 제가 좋아하는 소풍은 둘이나 셋이 가는 것입니다. 근황을 물을 필요도 없이 가까운 친구들과 자리에 앉아 앞에 놓인 풍경을 보며 얘기하는 시간이 좋습니다. 나무, 꽃, 물, 흙…… 자연을 보고 있으면 마음이 순해지지요. 대단한 이야깃거리 없이 "좋다" "정말 그러네" 소감을 나누는 자리에선 몸도 마음도 긴장할 필요가 없습니다. 무얼 해야겠다는 생각이 들지 않지요. 물은 흐르고 나무는 푸르며 꽃은 피거나 집니다. 무심과 평정이 장소를 지배하고, 곁에 앉은 사람들의 마음도 덩달아 편편해지지요. 자극이 없습니다. 소풍은 꼭 조였던 시간의 고삐를 늦추기 위해 하는 거지요.

얼마 전 전북 완주 오성한옥마을에 있는 '소양고택'에 다녀왔습니다. 카페와 책방, 한옥 스테이를 한곳에서 경험할 수 있는 곳인데요. 최근에 출간한 책으로 책방에서 북토크를 하기로 해 가게 되었습니다. 기차를 타고 그곳으로 갈 때까지 몸이 굳어 있었습니다. 무사히 끝내야 할 그날의 일정을 생각하며 긴장을 놓지 않았거든요. 처음 만나는 독자들 앞에서 새 책에 대해 이야기하는 일은 긴장되는 일이고, 낯선 곳에서 하룻밤을 자고 오기로 해 마냥 편하지 않았습니다. 저는 잘 때도 긴장을 풀지 못해 몸에 힘을 빼는 연습을 하다 잠드는 사람이거든요. 좀처럼 이완되지 않는 몸을 달래기 위해 반신욕이나 명상도 자주 하지요. 그런데 그곳에서 놀라운 경험을 했습니다.

소양고택은 종남산에 폭 안긴 형국으로, 어디든 들어앉아 있으면 감싸인 것처럼 느껴지는 곳이었습니다. 130년 된 한옥 세채를 고창, 무안, 포항에서 완주로 이축해, 볕이 잘 드는 큰 뜰에 오래된 가옥 셋이 고요히 모여 있는 형상이었지요. 들어보니 한옥을 옮기는 일이 살아 있는 생물을 옮겨 심는 일과 비슷한가보더라고요. 경험이 많은 대목수가 한옥을 해체해 옮겨온 뒤, 집을 다시 세울 곳의 온도와 습기에 나무가 적응하도록 1년 동안 방치하는 시간이 필요하다고 했습니다. 나무들은 새로운 곳에서 숨을 쉬고 뻗어내면서 그곳의 환경을 경험하고 적응하는 시간을 가져야 합니다. 그러지 않으면 나무가 뒤틀리거나 고택 여기저기에 문제가 생길 수 있다고 했습니다. 몇개월 만에 뚝딱 만들어지는 현대식 건물에 비해 얼마나 공을 들여야 하는 일인가요. 고택은 밖에서 볼 때는 탄성을 지르게 하고, 안에서 밖을 내다볼 때는 놀라움으로 소리를 삼키게 만들었습니다. '풍경을 빌려온다'는 차경 借景 의 철학을 실감하는 순간이었지요. 어떤 그림도 그곳에서 창문으로 내다보는 풍경을 따라올 수 없을 것 같았습니다. 산, 나무, 풀, 꽃, 바위, 구름, 수변 공간…… 밖을 이루는 것이 안으로 들고, 안에 든 것이 밖으로 뻗어나가 서로 이어지는 순간을 체감했습니다. 보물이란 '잘 보존된 오래된 것'이라는 진리를 깨달았어요.

중요한 건 그다음 일입니다. 고택의 아름다움을 제 속에 양껏 들이며 앉아 있는데, 물에 종이 녹듯 몸이 훌훌 풀어지는 느낌이 드는 거예요. 장소에 깃든 기운 덕일까요? 아니면 제 몸과 공간의 에너지가 조화롭게 맞아떨어져서일까요? 저는 난생처음으로 풍경 속에서 완전히 이완되는 기분을 맛보았습니다. 저녁 때 있을 북토크도 까맣게 잊고, 차가운 음료를 마시며 앉아 있었어요. 뭘 했느냐고요? 사진을 몇장 찍고는 내내 하릴없이 앉아서 멍하니 있었습니다. 졸음이 쏟아지기까지 하더군요. 생각해보니 그 상태, 얼빠진 사람처럼 보일 정도로 가만히 있던 상태가 행복한 순간이었어요. 당신은 언제 행복한 감정이 드느냐고 누가 물으면 제대로 답변을 하지 못했는데요. '행복이란 무엇인가' 근원적 질문이나 곱씹으며 머리를 긁적이기만 했는데 이제 알겠어요. 행복은 소풍 나가서 풍경을 구경하며 반쯤 졸다가, 나를 잊어버리는 상태예요.

어떻게 이름도 '소풍'일까요? 한자를 찾아보니 '노닐 소逍'에 '바람 풍風'자를 쓰는군요. 바람처럼 하릴없이 이곳저곳을 노닐다 돌아오는 일이 소풍이겠지요. 사전에서 풀이하는 의미는 "휴식을 취하기 위해서 야외에 나갔다 오는 일"이고요. 역시 휴식입니다. 여행을 떠날 때는 새로운 것을 보고 겪으며, 들인 돈만큼 왠지 본전을 뽑아야 할 것 같은 기분이 드는데 소풍에는 그런 게 없습니다. 무언가를 얻으려고 소풍을 가는 사람은 없잖아요. 지문을 남기지 않는 바람의 손처럼, 세상 귀퉁이를 만지작거리다 오는 게 소풍의 맛이겠지요. 그러니 당신께 부탁합니다. 소풍을 가세요. 시간을 내서 자주 다녀오세요. 김밥을 싸들고 가 빈

도시락통을 들고 돌아오세요. 기대 없이 갔다가 뜻밖의 행복한 기운을 몸에 담고 돌아오세요. 아아, 생각만 해도 좋네요.

　그날 저녁, 소양고택에서 소풍을 제대로 즐긴 나머지 북토크 시간에 횡설수설하고 말았습니다. 겨드랑이에 땀이 나더군요. 잠자리에 들고 나서는 개구리의 합창 소리에 몸을 뒤척이기도 했고요. 하지만 한낮의 한옥에서 즐긴 뜻밖의 소풍을 잊지 못할 거예요. 올해가 반이나 지났지만, 저는 다시 소풍을 자주 가겠다고 계획합니다. 두달에 한번은 훌쩍, 소풍을 다녀올 거예요. 나를 놓고 나를 잊으며 나로 가득한 소풍을 할 수 없다면, 인생에 무슨 의미가 있겠어요?

세상에서 가장 귀여운 에고이스트

*

고양이는 털로 뒤덮인 작은 신이다. 높은 곳에서 아래를 내려다볼 때 권력이나 욕망 없이도 세상을 한눈에 지배할 수 있다. '높이'는 고양이의 은신처다. 아래를 내려다볼 때 피어오르는 여유와 평정. 고양이는 수염 한올 한올에 그런 걸 묻히고 있다. 높은 곳에서 고양이는 훌쩍, 세상을 벗어날 수 있다. 그곳은 세상이 아니라 세상 너머다. 그곳에서 고양이는 목격자, 관찰자, 방관자, 자유로운 자가 된다. 침범하거나 침범당하지 않아도 되는 자. 몸에 힘을 빼고 다른 걸 상상할 수 있는 존재가 된다.

*

　"이제 고양이처럼 살 거야. 위험을 감지할 때마다 높은 곳으로 달아날 거야."

　이렇게 말하고 떠난 친구가 있다. 가까운 미래엔 돌아오지 않겠다며 먼 나라로 떠난 친구다. 어떤 사람(그리고 고양이)에게 거리는 높이로 작용한다. 그러니까 멀리 있는 자는 높이 있는 자다. 닿을 수 없는 자, 발 디딘 자리가 달라 섞일 수 없는 자. 부다페스트는 그가 선택한 지구의 '꼭대기'다.

*

　고양이를 땅에서 멀어지게 하는 건 불안과 두려움이다. 함부로 노크하는 손, 무신경하게 이동하는 발, 피와 침을 튀기는 입으로부터 달아나기. 어떤 고양이는 위험을 피해 높이 오르려다 더 위험한 상황에 빠지기도 한다. 외국에서 고양이가 개의 습격을 피해 나무에 올랐다가 그만 30미터 위까지 올라갔다는 기사를 읽었다. 고양이는 결국 지역 구조대의 도움을 받아 내려올 수 있었다고 한다. 30미터라니! 이 아찔한 높이보다 더 무서운 게 무엇이었을까? 자신을 건드리는 손길, 짖어대는 개의 소음, 영역 다툼으로 날서 있는 다른 고양이들, 그러니까 땅의 일들……

*

　상자는 고양이의 외투다. 몸에 맞아 아늑하다면 벗으려 하지 않는다.

*

　내 고양이 '당주'는 그루밍을 시작하면 털이 축축해질 때까지 5분이고 10분이고 계속한다. 그에게는 나름의 규칙이 있어 보인다. 앞발에서 시작해 발가락 사이를 한껏 벌려 발톱을 쭉쭉 빤 다음 뒷다리로 옮긴다. 왼 앞발에 침을 묻혀 왼쪽 얼굴을, 오른 앞발에 침을 묻혀 오른쪽 얼굴을 닦고(고양이세수!) 등을 둥글게 말아 배와 항문을 핥고, 고개를 돌려 등 곳곳을 닿을 수 있는 데까지 핥는다. 그루밍할 때 고양이는 세상에 자신밖에 없다는 듯 행동한다. 기쁨에 겨워 스스로를 돌보기. 가장 소중한 존재를 어르듯이 자기를 쓰다듬기. 나는 '충만하다'라는 단어의 뜻을 고양이를 보며 깨닫는다. 어느 때는 부럽고 샘도 난다. 얘, 나도 좀 그루밍해줄래? 바쁘게 놀리는 혓바닥에 손끝을 살짝 갖다 댄다. 불쌍한 놈 떡 하나 더 준다는 태도인지 마지못해 두세 번 핥아준다. 사포처럼 까슬까슬한 혀의 촉감이란! 세상에서 가장 귀여운 에고이스트여.

*

"침대에서 이런 걸 주웠어"

남편이 손에 든 건 고양이 수염 한올. 가느다란 털과 달리 물고기 가시처럼 빳빳하다. 책상에 올라앉아 창밖을 보는 당주에게 물었다. 어쩌다 수염이 빠진 거야? 빠지면 다시 나는 거야? 네게 수염은 소중한 거 아니니? 사냥감을

50

감지할 때 촉수가 되고 어둠 속에선 눈이 되어주잖아? 수염 한올을 고양이 얼굴에 들이밀며 취조하듯 물으니 당주는 딴청을 피우며 하품한다. 일어난 일은 일어난 일일 뿐, 무엇에도 괘념치 않겠다는 듯 먼 곳을 바라본다. 오후에는 당주가 낮잠 자는 상자에서 고양이 수염을 한올 더 주웠다. 하루에 수염을 두개나 줍다니, 이렇게 수염이 빠져도 괜찮은 걸까? 걱정이 되어 검색해보니 이럴 수가! 고양이 수염은 행운을 상징한단다. 일본에서는 고양이 수염 일곱개를 모으면 소원이 이루어진다는 속설이 있다나? 찾아보니 고양이 수염을 모으는 귀여운 함을 만들어 상품으로 팔기도 한다.

　"아까 그 수염! 어쨌어?"

　"휴지통에 버렸는데?"

　나는 휴지통으로 달려갔고 두개 중 '한올의 행운'을 찾아냈다. 자개로 만든 보석함에 수염 한올을 모셔뒀다. 당주의 수염이 빠지길 기다리는 건 결코 아니지만, 떨어진 수염이라면 냉큼 줍겠다는 심산이다. (다행히 고양이 수염은 빠졌다 자라길 반복한답니다.)

*

당주는 종종 공기청정기 위로 뛰어오른다. 송풍구에서 나오는 바람이 재미있는지, 아래에서 위로 부는 바람에 엉덩이를 대고 잠자코 있다. 흰 털이 나부끼는 모습을 보면 외치지 않을 수 없다. "매릴린 먼로!" 당주의 별명이 하나 더 추가되는 순간이다.

*

당주는 울음으로 노크할 줄 안다. "이야아아오옹." 완전히 닫히지 않아 밀치고 들어올 수 있는데도 문을 열어줄 때까지 기다린다. "이야아아오옹." 울음 노크. 내가 일어나서 자신을 영접하길 바라는 거다. 일어나 문을 열어주면 그제야 "실례할게"라고 말하듯이 들어온다. '우아함'이라는 투명한 망토를 두른 채 느긋한 걸음으로! 그렇다, 캣워킹이다.

*

고양이는 눈으로 상대를 가늠하고 제압할 수 있다. 고양이의 동공은 눈금 없는 둥근 자다. 고양이는 눈빛으로 상을 줄 수도, 벌을 줄 수도 있다. 이름을 부르면 임의대로 돌아본다. 마음 내킬 때, 귀찮지 않거나 호기심이 동할 때 바라봐준다. 귀찮을 때는 아무리 불러도 보지 않거나 꼬리만 까딱 움직이고 만다.

아침에 침대 위에서 당주와 눈이 마주칠 때가 있다. 잠에서 막 깨어났을 때 눈으로 인사한다. 세상이 아름답다고 느끼는 드문 순간이다. 골골송을 부르는 당주의 이마에 내 이마를 가져다 댄다. 포동포동한 앞발을 쥐고 코와 코를 맞대 안부를 묻고 따뜻한 등을 끌어안는다. 얼굴과 얼굴을 가까이 해 사랑과 공경을 표하는 시간이다. 가끔 궁금하다. 고양이의 눈엔 내가 어떻게 비칠까? 이 인간은 눈도 작고 앙증맞은 분홍 코도 없고 시옷 자의 귀여운 입매도 갖지 않았고 수염도 없고 심지어 몸에 털도 없어! 불쌍해라, 가진 게 아무것도 없는 인간이여! 이렇게 생각하는 건 아

53

닐지. 이따금 그 앞에서 부끄러움을 느낀다. 완전무결한 그의 외모 때문이다.

*

　고양이는 기품을 가졌다. 기품이란 상대의 의지나 행동에 연연하지 않고 독자적으로 행동할 때 나오는 것이다. 집사의 손에 맛있는 간식이 들려 있을 때를 제외하고 고양이는 대부분의 순간 기품을 잃지 않는다. 어리광과 장난기에도 기품이 서려 있다.

　'난 네가 곁에 있어줬으면 좋겠어. 그래 거기. 너무 가깝지 않게, 그러나 멀지도 않게, 그곳에 있어줘.'

　고양이는 눈을 느리게 깜빡이며 '지금'이라는 기나긴 생에 화답한다.

너무 많은 풍선 때문에 울어버린 이야기

나는 너무 많은 풍선을 갖고 있다.

너무.

많은.

풍선.

풍선에게는 자유가 없다. 내가 양손으로 꼭 쥐고 있기 때문이다. 어느 날은 다섯개, 어느 날은 열개, 어느 날은 백개가 넘을 때도 있는 풍선들은 내 양손을 포박했다. 지금 나는 너무 많은 풍선 때문에 울어버린 이야기를 하려 한다.

스물다섯, 혹은 스물여섯 무렵이었을까. 화곡동에 혼

자 살면서 아침에 요가를 하고 점심부터 늦은 저녁까지 학원에서 일을 했다. 나머지 시간에 시를 썼다. 나머지 시간이라고 하자니 억울하다. 종일 틈틈이, 뭘 하든 시 속을 배회했다. 생각은 강박처럼 시로 흘렀고 종이에 그것을 받아 적는 일로 나는 집요했다. 생활과 일을 방해하는 다양한 상황과 사람들(주로 가족)이 있었고 자주 화가 났다. 그것들이 내 삶을 건드릴 수 없도록 매 순간 노력(!)했다. 내 길을 무언가가 방해할까봐 두려워 늘 경계했으며 시를 쓰지 않은 날에는 스트레스를 받았다(정상은 아니었다). 시간을 내 소관으로 통제하려 했다. 이런 노력이 가당찮은 일이란 걸 나중에 알았다. 참 바보 같은 노력 아닌가. 양손에 빗물을 받아 백 미터를 걸어간 뒤 그곳에서 죽어가는 물고기 아가미에 뿌려주려는 일과 비슷한 거였다. 빗물을 양손에 받기도, 손에 담긴 물을 흘리지 않고 백 미터를 걸어가기도, 물을 뿌려준들 물고기를 살리기도 어려운 일이었다.

노력은 계속되었다. 나는 일어난 일, 일어날 일, 일어날지도 모를 일, 하고 싶은 일, 싫지만 해야 할 일, 가족에게 일어나는 '사고'와 비슷한 일들까지 모두 잘 처리하고 싶었다. 해내고 싶은 마음은 모든 일을 '통제 가능한 형태'로 만들어 내 슬하에 두고 싶은 욕심이었다. 그렇게 되면 인생은 전투게임이 된다. 클리어하거나 못 하거나 둘 중 하나다. 매일을 어려운 문제 풀듯이 살아야 한다. 인생이 통째로 문제집이 되는 거다.

생각이 확신으로 바뀌면 사람은 쪼그라든다. 시야가 좁아지고 내면은 강퍅해진다. 그때 내 손에는 크고 작은 풍선들로 가득했다. 풍선은 나를 둘러싼 고통과 슬픔, 욕망과 기대, 자유와 부자유, 사랑과 증오 따위의 다른 얼굴이었다. 나는 무엇 하나 놓지 못하고 긴장한 채 나아갔다. 하루, 또 하루, 군인처럼 진군하는 내가 풍선 속에 있었다.

일상을 통제할 수 없어 허덕이던 어느 날, 요가 수련에 늦어버렸다. '미션 클리어!'에 문제가 생긴 거다. 뛰고 또 뛰었지만 시작 시간에서 5분 정도 지나 있었다. 수련자들이 매트 위에서 가부좌를 하고 명상을 시작한 지 얼마 안 된 시점이었을 게다. 나는 요가원으로 올라가는 대신 계단 아래에 서서 울어버렸다. 틀렸어. 틀렸어. 망해버렸다고! 길 잃은 아이처럼 소리 내어 울었다. 그렇게 노력(!)했는데

요가원 시간 하나 못 맞추다니. 옷을 갈아입고(그리고 눈물을 닦고) 수련장에 들어가면 이미 10분이 지나 있겠지. 호흡도 거칠어져 있을 텐데, 명상도 생략하고 바로 동작에 들어가야 할 텐데, 그러면 다 망한 거지! 처음부터 할 수 없다면 잘해낼 수도 없어. 제대로 하지 못할 거라면 안 하는 게 낫지. 틀렸어! 나는 이런 (멍청한) 판단을 내린 뒤 건물 밖으로 나와 울면서 걸었다. 눈물이 멈추지 않았고 인생이 고행 같다고 생각했다.

그날 나는 가진 게 너무 많았다. 분노, 억울함, 결벽, 강박, 고통, 슬픔, 기대, 책임감, 완벽하게 생활을 꾸리려는 욕심, 건강해지겠다는 결심…… 그건 보이지 않는 풍선들이었다. 날아갈까 두려워 두 손에 가득 쥐고 벌벌 떨게 한 풍선이었다. 무언가를 꽉 쥐고 있는 사람은 주먹을 펼 시간도, 여유도 없다. 힘을 뺄 수 없다. 온전히 쉬거나 누울 수 없다. 그는 싸우는 자세로 평생을 살아야 한다.

요가 수련에 5분 늦었다고 통곡을 하며 돌아온 날, 처음으로 내게 문제가 있다는 생각을 했다. 강박과 불안, 잘

해내야 한다는 생각, 잘 때 턱이 아플 정도로 이를 앙다문 자세…… 그날부터 지금까지 시시때때로 손을 펴는 연습을 한다. 힘을 풀고 걱정을 지우고 먼 곳을 바라보는 연습을 한다. 세상에는 내가 노력해도 어찌할 수 없는 일이 존재한다. 상황을 통제하려 할수록 겁이 나고, 다른 사람에게 (작은 거라도) 기대하게 된다. 내가 이리하려 하니 당신도 저리해줘야 하지 않습니까, 이런 마음은 본인을 지치게 하고 상대방을 불편하게 한다. 시간을 들여 생각한 결과 깨달았다. 누군가에게 기대하지 말 것. 바라려면 오직 스스로에게 바랄 것. 뜻대로 되지 않더라도 통곡하지 말 것. 멀리 보고 '계속' 걸을 것. 삶을 꾸리는 건 나지만, 인생은 나 외의 것으로 채워진다는 걸 알았다.

이제는 내가 쥐려고 야단이었던 그 풍선들이 보인다. 키도 작은 애가 수백개의 풍선을 양손에 들고 앞이 보이지 않아 더듬더듬 걸어가는 풍경이 보인다. 너무 많은 풍선으로 인해 하늘로 날아가다 땅으로 추락하는 내가 보인다. 어리석음으로 투명했던 시절이다.

쥐고 있던 풍선들을 놓아준 뒤 필요할 때 하나씩 다시 불어두어도 좋았을 텐데. 천장이 낮은 방으로 들어가 풍선들을 풀어놓고 아무 때나 잡아보며 편히 있어도 좋았을 텐데. 한꺼번에 많은 양의 풍선을 가질 필요가 무엇이란 말인가. 어릴 때는 단 하나의 풍선을 손에 쥐고 놀다가 놓치거나 터뜨렸다. 그게 풍선의 말로라는 걸 받아들였다. 풍선이란 놓치게 되어 있는 것, 불안해서 재미있는 거, 세상에서 가장 무책임한 비행기라는 걸 그땐 알았다. 풍선에 인생 전부를 올려놓지 않아도 된다는 걸 알았다.

친구들 중 몇명은 불면으로 고생을 한다. 문제는 밤에 더 커진다. 모두 잠든 사이, 빛이 가난해지는 사이, 자의식과 절망이 커지는 사이에 덩치를 키운다. 불면은 곧잘 만성으로 건너간다. 그렇다. 이게 다 우리가 쥐고 있는 보이지 않는 풍선들 때문이다. 당신과 내 손에 쥐어진 풍선. 열개, 백개, 천개의 풍선. 밤과 낮을 지배하는 풍선들. 놓아버리면 좀 어떠냐고 말하고 싶다. 풍선을 놓고 잠들라고. 울지 말고, 날아가는 걸 바라보라고. 마음먹은 대로 일을 해내지 못했다 해도 풍선 한개 날아간 듯 보자고. "앗! 내 풍선!" 외치고는 킥킥 웃자고.

새파랗게 젊은 애가 울며불며 요가원 건물을 돌아나오던 풍경을 자주 생각한다. 이상한 일 아닌가. 울며 가는 풍선 인간이란.

한자리에서 곱게 늙어버리겠다

쌓아두는 사람은 버리는 걸 두려워하는 사람이다. 버리는 걸 두려워하는 사람은 버려지는 걸 두려워하는 사람이다. 이렇게 쓰고 나니 생각이 쌓인다. 한겹 한겹 쌓이는 생각, 그렇다면 나는 생각이 버려지는 걸 두려워하는 사람?

버릴 수도 없고 아낄 의지도 없을 때 사람들은 쌓아둔다. 방치와 돌봄은 한끗 차이다. 잠깐, 여기 아닌 저기에 두는 것. 소중하니까 혹은 난감하니까 그냥 두는 것. 아이도, 동물도, 물건도, 음식도 쌓아둘 수 있다. 높이와 불안을 이룰 수 있다. 그게 뭐든 지금 당장은 아니지만 언제고 곁에 두기 위해 필요하다고 생각하는 것은 방치를 '당할' 수 있고 아낌을 받을 수 있다. 다락방은 그런 것이 모이는 곳이다. 숨기거나 보관하거나 잊기 좋은 것을 쌓아두기 위해 존재하는 공간. 잠재적 유실물들이 모여 사는 마을. 도착지를 알지 못하는 꿈이 머무는 공항. 집 속의 이민국. 다락에 있는 물건들은 죄다 늙는다. 하루 만에도 백발이 된다.

어릴 때 살던 집엔 다락방이 있었다. 계단을 오르면 작고 귀여운 창문으로 볕이 들어오는 곳, 나무 바닥이 삐걱대는 소리가 정겨운, 정리 정돈이 잘되어 있어 안락함을 주는 곳, 아이들이 은신처 삼기에 좋은 곳은 아니었다. 나를 키운 어른들은 매일 청소를 했지만 '적당히' 했다. 손이 닿지 않는 곳에 쌓인 먼지는 그냥 두었다. 정리 정돈을 했지만 깔끔함과는 거리가 멀었다. 여기저기 있는 물건들을 한곳에 모아 쌓아두는 정도였다. 그러니 우리 집 다락은 어땠겠는가? 상자나 물건이 균형과 높이를 이루며 쌓여 있는 장소가 아니라 온갖 형상을 한 물건들이 아무렇게나 엉겨 쑤셔 박혀 있었다고 보는 게 맞았다.

다락은 벽 한가운데에서 시작했다. 한쪽 벽에 방문의 반도 안 되는 크기로 나무문이 달려 있는데, 그 문은 작은 걸쇠로 잠겨 있었다. 걸쇠를 풀고 문을 열면 다락으로 올라가는 계단이 보였다. 계단을 끝까지 올라가야 (숨겨진) 다락방이 나왔다. 문을 닫으면 벽장처럼 보였다. 벽을 열어도 다시 벽, 다락은 한번의 열림으로 곧장 들어갈 수 없는 구조였다.

나는 다락에 올라갈 엄두를 내지 못했다. 내복 바람으로 누워 있으면 천장에서 쥐들이 우르르 달리는 소리가 들렸다. 1980년대, 쥐들은 낮거나 높은 곳에 숨어 우리와 '같이' 살았다. 어른들이 쥐덫과 쥐약을 놓아도 사라지지 않던 꼬리, 어둠 속에서 빛나던 씨앗 같은 눈, 잿빛 털. 어린 내게는 마당을 지나는 쥐의 실체보다 소리로만 존재하는 상상 속의 다락방 쥐들이 더 무서웠다. 상상을 열심히 하면 소리가 보인다. 들리는 소리보다 더 강력한 건 보이는 소리다.

무서워서 올라가보지는 못하고 벽 속으로 난 계단을 오르는 어른들의 다리만 보던 시절. 내게 다락방은 길 잃을 위험이 도사린 곳 같았다. 캄캄하고 축축한 웅덩이가 있는 곳, 소공녀의 혼령이 떠도는 곳, 수백마리 쥐의 사체가 잠들어 있는 곳, 상체를 잡아먹힌 어른들이 다리만 내놓고 허우

적대는 곳(어른들은 계단 끝에서 상체를 들이밀어 물건을 올려두거나 꺼내거나 했고 그 모습은 다소 기괴해 보였다).

바슐라르는 다락방이 몽상가를 키운다고 했다. 나는 다락방의 숨은 형상(벽 속의 집), 이따금 다락으로 사라지던 어른들(하체만 남은!), 쥐들의 찍찍거림, 비밀과 어둠으로 덮인 공간을 상상하며 몽상가가 되었다. 상상 속에서 기거하던 방, 두려움과 호기심이 같이 솟아오르게 하던 공간, 높이와 미로를 간직한 곳. 그곳은 올라가야 한다는 면에서 (다른 세계로의) 진출이었고 지하실과는 달랐다. 계단을 통해 이동하고 쥐가 많다는 점은 같았지만, 지하실은 내려가야 한다는 면에서 다락방과는 달랐다. 나는 언제나 다락방이 더 궁금했다. 고개를 위로 쳐들고 헤매는 일과 아래로 떨구고 헤매는 일, 땅을 찾는 일과 하늘을 찾는 일의 차이일까?

조금 더 자라서 다락방으로 심부름을 갈 수 있는(이라기보다 가야 했던) 나이가 됐을 때 실제로 본 다락방의 모습은 아름답지 않았다. 그곳에는 유령이 되어버린 사물들, 그들의 항의에 가까운 침묵, 쓸쓸함, 고체처럼 딱딱한 어둠이 있었다. 나는 어른들처럼 무표정한 얼굴로 계단을 올라 상체를 들이밀고 물건을 올려두거나 꺼내 오거나 했다. 언제부터인가 쥐들도 사라졌다. 그곳에서 유령이 되지 않기란 어려웠으리라.

만약 내게 작은 창이 달린 다락방 한칸이 주어진다면? 이런 상상은 '상상'만으로 득이 된다. 돈을 들이지 않고 장소를 누리며 기분까지 좋아지기 때문이다. 계속해보자. 만약 내게 작은 창이 달린 안락한 다락방이 주어진다면 청소는 자주 하지 않겠다(자신 있다). 먼지가 쌓이면 손으로 쓱 닦아내고 아무 데나 철퍼덕 주저앉겠다. 앙증맞은 천으로 창문에 커튼을 해 달고 해 지는 시간에 맞춰 올라가 일몰을 보며 일기를 쓰겠다. 열심히 쓰진 않고 크로키를 하듯 빠르게 쓰겠다. 잊은 줄 알았던 기억을 찾아내 두세 문장으로 적겠다. 창밖으로 지나가는 개들의 이름을 상상하고 조용히 불러보겠다. 그러는 동안 죽은 할머니와 할아버지, 아버지가 차례로 다락방에 올라와 무언가를 찾아 가지고 내려가는 모습을 상상하겠다. 할아버지는 손글씨로 이름과 전화번호를 적어둔 수첩을, 할머니는 뜨개실을, 아버지는 무협지 몇권을 들고 내려가고, 나는 구석에서 몰래 지켜보겠다. 검은 머리칼이 더 많은, 젊은 그들이 다녀가는 사이 나는 한자리에서 곱게 늙어버리겠다. 해가 지는 속도에 맞춰 백발이 된 내 머리칼을 손으로 빗어보겠다. 밤은 아직 오지 않고 저녁은 성성할 때, 창을 닫고 유령처럼 오래된 몸이 되어 내려오겠다.

천장을 올려다보면 사라진 쥐들이 우르르 소리를 내며 구석으로 달려갈 것 같다. 내 머리카락은 아직 검다. 다락으로 가는 계단은 없다. 벽은 벽이다. '다락방'이라는 제목으로 시를 썼다. 쓰는 동안은 다락방에 앉아 있었다.

아름답고 스산한

우리는 적산가옥 앞에 서 있었다. 강릉, 10월, 바다 근처, 여자 셋이었다.

—'적산'의 뜻이 뭐지?
—'적'이 '붉을 적 赤' 아니야?
—'쌓을 적 積'인가?

우리는 각자의 호주머니에서 스마트폰을 꺼내 검색했다. 고개를 숙인 채 답을 찾는 우리의 입에서 비슷한 탄식이 터져나왔다. '적산 敵産'은 적의 재산이라는 뜻이었다. 우리는 각자 고개를 주억거리며 놀랐다. 한자어는 말에 깃든 함의와 저의 때문에 천천히 생각해봐야 한다. 적산가옥이 일제강점기에 지은 일본식 건물인 줄은 알았지만 "자기 나라나 점령지 안에 있는 적국 소유의 집"이라는 뜻을 품고 있는 줄은 몰랐다. 이따금 나는 사전을 찾아보다 진심으로 상처받는데, 뜻을 모를 때는 모르는 대로 알 때는 아는 대로 상처받는다. 사전의 '얄짤없음' 때문이다. 감정도 이해도 기분도 없이 발가벗겨 보여주는 말의 뜻 때문이다. 가령 '부담스럽다'의 사전적 의미를 찾아본 후가 그렇다. "어떠한 의무나 책임을 져야 할 듯한 느낌이 있다." 누군가에게 호의를 베풀었는데 부담스럽다는 말이 돌아왔을 때, 혼자 사전 앞에 우두커니 앉아 있게 되는 것이다. 그가 내게 어떤 의무나 책임을 져야 할 듯한 느낌을 가졌다는 얘기구나, 생각하며 마음에 그늘이 지는 걸 보게 된다. (재미있는 건 고유어를 찾아볼 땐 그렇지 않다는 거다. 고유어는 겉과 속이 다르지 않은 사람의 집에 놀러 가 살림을 구경할 때의 기분처럼 사전을 찾아본 후가 마냥 즐겁다. 한자어는 아는 뜻을 확인하는 경우에도 생각이 많아지는데, 왜 이런 걸까?)

뜻을 알고 나니 지금까지 보아왔던 적산가옥들이 생경하게 느껴졌다. 서울, 군산, 목포, 강릉에서 본 적산가옥들. 누군가 살고 있거나 카페나 술집으로 변모한, 적의 소유였던 집. '적敵'이라는 말에서 느껴지는 투박함, 무거움, 피와 눈물, 세월, 역사, 증오, 원망, 무너지지 않는 벽 따위를 떠올려보았다.

그러고 보니 적산가옥 앞을 지날 때 스산한 기분이 들었다. 이국적이고 아름다운 데가 있다며 감탄하면서도 몸 안쪽에 찬 기운이 스민 듯 쓸쓸해지기도 했다. 그땐 연유를 모른 채 지나쳤지만 '적산'의 뜻을 보니 알 것도 같다. 이름이 전부다. 이름은 어제와 오늘 그리고 내일을 정한다. 이름엔 주술이 담겨 있다.

몇해 전 동생과 교토를 여행했을 때가 생각난다. 초여름의 습기와 낮게 흐르는 내, 다닥다닥 붙어 있는 일본식 가옥과 상점들…… 나는 장소에 깃든 양기와 음기를 유난히 잘 느끼는 편인데(정말이다) 교토에 가득 찬 음의 기운 때문에 좀 놀랐다. 물론 교토는 아름다웠지만 오사카나 오키 나와에 갔을 때와는 기운이 달랐다. 밤에는 이불 위로 드리운 그늘의 기운(?), 강력한 음의 기운에 겁을 먹는 바람에 동생에게 '내가 잠들 때까지 제발 잠들지 말아달라'는 부탁까지 했다. 귀신이, 그것도 여러명의 귀신이 집 안을 떠돌고 있을 것만 같았다. 호텔이 아니라 오래된 가옥에 묵게 되어 더 무서웠던 것 같다. 나는 동생을 보초로 세운 뒤에야 겨우 잠들 수 있었다.

교토에서 내가 느낀 그늘의 에너지, 귀기 어림, 축축함, 어둠의 밀도, 고즈넉함은 일본문화의 특성 중 일부였을까? 다니자키 준이치로가 1933년에 쓴 산문 「그늘에 대하여」에 이런 대목이 나온다.

우리가 주거를 꾸리기에는, 무엇보다도 지붕이라는 우산을 넓혀 대지에 한 둘레의 응달을 떨어뜨리고, 그 어둑어둑한 그늘 속에 집을 짓는다. 물론 서양의 가옥에도 지붕이 없는 것은 아니지만, 그것은 햇빛을 차단하기보다는 비와 이슬을 막는 것이 주이기 때문에, 그림자는 가능한 한 만들지 않도록 하고, 되도록이면 내부를 밝게 드러나도록 하고 있는 것이 외형만 보아서도 알 수 있다. 일본의 지붕을 우산이라고 하면, 서양의 지붕은 모자에 지나지 않는다. (…) 사실 다다미방의 미는 전적으로 그늘의 농담에 따라 생겨난 것이고, 그 이외에 아무것도 아니다.

──다니자키 준이치로 「그늘에 대하여」,

고운기 옮김, 눌와 2005, 31~32면.

준이치로는 이 글에서 '풍류는 추운 것' '때 묻은 것'이라 말하며 일본인들은 너무 편하거나 너무 빛나는 것, 너무 밝은 것을 피해 그늘과 어둠 속에서 아름다움을 찾는 사람들이라고 한다. 확실히 일본의 미는 그늘과 음의 기운 가운데 있는 듯하다. 우리 한옥의 뒷마당에 드리운 그늘이 따뜻한 그늘이라면, 일본 가옥에 드리운 그늘은 찬 그늘 같다. 그늘에도 결이 있고 맛이 있는 것이리라. 낙엽을 죄다 쓸어모아 마당에 보기 좋게 다시 뿌린다는 일본식 정원, 마음에 둔 생각을 그대로 표현하는 게 예에 어긋난다고 생각하는 일본식 예의, 폐를 끼치는 걸 죽도록 싫어하는 일본인들의 태도를 생각하면 알 것 같기도 하다.

어쩌면 적산가옥이 쓸쓸해 보이는 이유는 그것이 '남아 있는 것'이기 때문일지도 모른다. 있어야 할 곳으로 가지 못하고 (잘못) 남아 있는 것. 누군가 두고 간 것. 사람으로 치면 이방인, 전쟁 포로, 돌아갈 곳을 잃은 자 같은 것. 그러니까 적산가옥은 남아, 있는 것이다. 우리 입장에서는 적이 남기고 간 가옥이지만 가옥의 입장에서 이곳은 적의 나라다. 그러니 쓸쓸해 보이는 것도 무리는 아니지. 먼 타국에서 우리 것으로 쓸쓸히 남아 있는 것들은 또 얼마나 많을까?

아픈 시간이 지나고 그곳에 살았던 사람들이 죽어도, 사라질 수 없는 것이 있다. 결국 역사란 흔적이다. 적산가옥을 바라보는 사람들, 사진을 찍는 사람들, 아름답거나 스산하다고 느끼는 사람들 곁에서 생각한다. 어떤 시간은 흐르지 못하고 남아 '응고된 시간'을 만든다.

2부

마음을 마중하는 사람

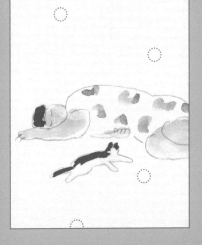

당신에게서 내게 건너온 마음들

살면서 많은 선물을 받았다. 기억에서 사라진 선물도 있고 못 잊을 선물도 있다. 남아 있는 선물도 있고 잃어버린 선물도 있다. 기뻤던 선물도 있고 부담스러웠던 선물도 있으며 실망한 선물도 있다. 선물인데 다 좋지, 무엇 때문에 실망하느냐고 묻는다면 이 얘기를 좀 해야겠다.

연애하던 시절, 지금의 남편이 1.5센티미터는 족히 넘을 굵기의 금목걸이를 선물로 주었다. 조폭이 착용할 만한 금목걸이를 상상하면 딱 맞다. 그게 순금이었다면 잠자코 받아둔 뒤 다음 날 전당포로 달려갔을 텐데, 아니었다. 도금한 목걸이였다. 나는 목걸이를 손에 든 채 얼굴이 새빨개졌다. 부끄럽지 않아도 사람은 얼굴이 빨개질 수 있다. "으

으 싫어!"라고 외치고 싶은데 외칠 수 없을 때 얼굴이 대신 외치는 거다. (싫다 싫어, 금도 사랑도!) 만약 누군가 당신이 건넨 선물을 받고 눈물을 흘리는 대신 얼굴이 빨개진다면 알아두시라. 취향이 아닌 걸 받은 것이다. 얼른 목걸이를 착용해보라는 (당시) 애인에게 성냥개비처럼 빨개진 얼굴을 들고 '미소를 지은 채 고개를 저으며 뒷걸음질 치기' 삼단콤보를 선보였다. 나는 자꾸 권하는 그에게 되레 제안했다. 이 목걸이는 나 말고 당신에게 어울리겠다, 당신 목에 걸어보라, 당신이 하면 더 근사하겠다! 나는 그의 등 뒤로 가서 목걸이를 목에 채워보려 애를 썼다. 그러나 그놈의 목걸이는 (믿어지지 않게도!) 여성용이었으며, 목에 맞지 않아 잠금고리를 채울 수 없었다. 채울 수 있다면 어떻게든 채웠을 텐데! 나는 포기하지 않고 급기야 그의 발목을 부여잡았다. 사이즈가 작게 나왔다면 목걸이를 발찌로 사용하는 것도 좋겠다며 발목을 붙잡고 늘어져본 것이다. 그는 발찌는 하고 싶지 않다는 의사를 밝혔고, 발찌로 착용하기엔 길이가 길다고 지적하며(똑똑하기도 하지!) 그 무겁고 굵은 목걸이를 들고 내게 다가왔다. 나는 그날 밤 목걸이를 목에 걸고 모딜리아니 그림에 나오는 여자처럼 기우뚱하게 앉아 있었다. 내 목에서 가능한 한 멀어지고 싶었다. 목걸이 줄이 더 길었다면, 내가 힙합전사였다면, 그걸 차고 무대에라도 오를 수 있었을 텐데……

실망한 선물은 그 목걸이가 처음이자 마지막이었고 대부분의 선물은 모두 좋았다.

가장 좋은 선물은 바란 적 없는데 '톡' 주어지는 선물이다. 아무 날도 아니고 아무 일도 없는데 당신이 내미는 선물이 좋다. 머리 위로 도토리 한개 떨어진 듯 '어맛' 하고 놀라며 받을 수 있는, 가볍게 건너오는 선물이 좋다. 꽃, 쿠키, 피겨, 핸드크림, 책 등이 가벼운 선물로 알맞겠다. 신나는 기분과 즐거운 기분이 합쳐져 '작은 환희'를 만들어내는 순간이다. 환희—고요한 마음에 환타를 콜콜콜 부어주는 것 같은 기분! 누군가에게 이런 기분을 느끼게 해주고 싶은 적이 있다면, 당신은 그를 좋아하는 것이다.

내가 받은 선물들을 생각한다. 크고 작고 평범하고 특별하고 따뜻하고 차갑고 실용적이고 아름답고 기쁘고 슬프게 하는 선물들. 한 사람이 태어나 죽을 때까지 받았고, 받고, 받을 선물의 전부를 생각하면 겸허해진다. 선물의 개수를 따지는 일은 의미 없으리라. 그보다 세세한 항목들을 열거하여 그 핍진함을 느껴보고 싶다.

꽃들, 화분, 손으로 쓴 편지, 엽서, 비누, 초, 달력(일년 내내 그를 생각하며 넘기게 되는 달력!), 휴대용 충전기, 보디용품, 직접 만든 자개 모빌(창가에 걸어두면 맑은 소리가 찰캉찰캉 들린다. 먼 곳을 생각할 때 바라보라고 만들어준!), 공책, 직접 만든 다이어리, 직접 만든 퀼트 모빌, 파우치, 컵, 접시, 직접 수놓은 장갑, 엽서세트, 유디트 헤르만 신간 소설들(독일어로 쓰인 것으로 베를린에서 사 온!), 맥북, 코트, 이어폰, 마스크, 와인, 가방(선배가 들고 있는 게 예뻐서 장난처럼 달라고 했는데 정말 주었다), 거울, 액세서리, 쿠키, 양파, 과일들, 직접 담근 김장 김치, 살구주, 밑반찬, 고양이 간식, 올리브오일, 초콜릿, 독립출판한 본인의 책, 안경닦이, 비단이불(이불집에 가서 나를 생각하며 직접 색을 골라 지었다는!), 판화 작품, 사진첩, 폴라로이드 카메라, 색연필, 목재 와인꽂이, 연필, 손수건, 립스틱, 수분크림……

이렇게 소중한 것들을 어떻게 타인이, 대가 없이, 내게 주었을까.

생각하면 무릎이 가렵다. 옛 상처들 위로 새살이 돋고, 딱지가 덮이는 기분.

내가 외로움으로 풀이 죽거나 슬픔으로 강팍해지지 않은 건 타인이 보여준 '조건 없는 호의' 덕분이다. 내가 예전보다 튼튼한 자아를 가지게 되었다면 그건 모두 타인이 내게 건넨 크고 작은 선물과 편지, 애정 덕분이다. 선물은 잠시라도 받는 사람을 빛나게 한다. 선물은 '상'처럼 수여하는 것이기에 받는 사람의 가치를 높인다. 나쁜 것은 선물이라 부르지 않는다. 무엇이든 좋은 것, 쓸 만한 것, 아름다운 것, 필요한 것, 애정이 담긴 것, 그러니까 당신에게 '줄 만한 것'이 선물이 된다.

만약 내게 아이가 있다면 그 아이가 태어나 자라는 동안 누군가에게 받은 선물 목록을 작성한 노트를 마련하리라. 아이가 성인이 될 때쯤 넘겨주며, 앞으로 사는 동안 목록을 이어 작성해보라고 말하리라. 얼마나 길고 묵직한 목록이 될 것인가. 목록을 받아든 아이는 어떤 생각을 할 것인가. 가만, 오늘부터 작성해볼까? 선물 노트. 당신에게서 내게 건너온 마음들. 그건 힘들 때 바라보고 싶은 작은 화단이 되어줄 것이다.

무거운 사랑을 담을 수 있는
가장 가벼운 그릇

어릴 때 나는 나만을 사랑하는 엄마가 있어, 그가 내게 편지를 써줬으면 하고 바랐다. 학교에서 돌아왔을 때 식탁 위에 올려둔 편지, 등교해 가방을 열었을 때 무릎으로 톡 떨어지는 편지를 받고 싶었다. 그건 참 사치스러운 욕망이었다. 엄마의 편지는커녕 그냥 '엄마'를 갖는 일도 요원해 보이던 시절이었으니까. 엄마에게 편지를 받는 아이들은 전생에 큰 공을 쌓은 게 분명하다고 생각했다. 편지에는 이런 말이 쓰여 있을 게다. (받아본 적 없어도 안다.) 오늘 하루를 즐겁게 보내렴. 식탁 위에 간식을 두었으니 챙겨 먹으렴. 숙제는 미리 하고 엄마가 올 때까지 동생하고 싸우지 말고 잘 지내고 있으렴. 편지는 부재중인 엄마 대신 아이를 돌보았다.

고모는 딸이 학교에서 돌아오면 읽을 수 있도록 식탁 위에 편지를 올려두는 사람이었다. 작은 수첩에 사사로운 이야기를 쓰고 날짜를 적고 '사랑하는 엄마가'로 끝을 맺는 짧은 편지였다. 나는 사촌과 친자매처럼 지냈기에 그가 편지를 받는 순간을 자주 지켜봤다. 사랑받는 아이들이 그렇듯이 눈으로 대강 훑고, 별일 아니라는 듯 수첩을 탁 덮고 돌아서는 태도가 근사해 보였다. 나로서는 흉내도 낼 수 없는 우아한 태도였다. 우아함은 여유에서 나오고 여유는 결핍 없음에서 나온다는 것을 그때 알았다. 고모는 편지에 내 얘기를 쓰기도 했는데 둘이 같이 무얼 먹으라느니, 함께 어디로 오라느니 하는 이야기였다. 내 이름을 편지에서 볼 때면 마음이 까치발을 딛는 것처럼 흥분해 몇번이나 더 읽고는 했다.

편지에는 '마음을 보내려는 마음'이 실린다. 그냥 마음이 아니라 이쪽에서 저쪽으로, 마음을 보내려는 이의 의지가 담긴다. 편지에는 마음의 순전한 힘이 깃들어 있다. 스타를 좋아하는 사람이 팬레터를 보내는 마음을 떠올려보

라. 열렬한 마음을 전하기 위해선 편지가 최선이고, 선물은 편지(마음)를 건네기 위한 빌미일지도 모른다.

동서고금을 막론하고 사랑에 빠진 자는 편지를 쓴다. 사랑에 빠진 자는 날뛰는 마음을 어떻게 다스려야 할지 모르기에 두려움에 빠진다. 책상 앞에 앉아 종이에 마음을 부려놓고 나서야 뜨거움에서 잠시 벗어날 수 있다. 나는 남편과 연애할 때 소란한 마음이 담긴 편지를 그에게 자주 보냈다. 글자들이 펄떡펄떡 뛰어다니는 것 같았다. 2000년대 중반이라 우편이 아닌 이메일을 통해 보냈지만 뜨거운 마음은 훼손 없이 전송되었다. 전화로는 할 수 없고 얼굴을 보고는 더욱 할 수 없는 이야기들이 편지에 담겼다. 당시 우리가 주고받은 편지들은 활어처럼 싱싱해, 오래 두고 보아도 죽지 않았다.

결혼한 뒤에는 지방 출장으로 둘 중 한명이 집을 떠나 있을 때에나 메일을 썼다. 메일을 쓰면 납작해진 (사랑의) 감정이 살금살금 부풀어오르는 것 같아 좋았다. 어느 날 사라진 줄 알았던 사치스러운 욕망이 깨어났다. 남편은 잠들어 있고 나 홀로 깨어 있던 밤이었다. '나만을 사랑하는 엄마'에게 받고 싶었던 그것, 손으로 쓴 편지를 남편에게 보내야겠다고 생각했다. 새 수첩을 펼쳐 남편에게 편지를 썼다. 오늘 있었던 일, 내일 해야 할 일, 둘이 같이 하면 좋을 일들을 적었다. 사랑한다는 말, 힘내라는 말도 적었을 게다. 새벽 4시면 일어나는 남편이 깨자마자 볼 수 있도록 편지가 적힌 수첩을 그의 책상에 올려두었다. 그후로도 종종 편지를 써서 남편 책상에 올려두었다. 남편이 사람들에게 내가 새벽에 편지를 써 올려둔다고 자랑을 하는 것을 들었으니, 그의 기분이 좋았던 것은 분명하다. 문제는! 내가 답장이 받고 싶어진 것이다. (생각해보라, 처음부터 내겐 '사치스러운 욕망'이 있었지 않은가.) 그날부터 편지 맨 아랫줄에 내가 일어나면 읽을 수 있도록 '반드시' 답장을 써달라며, 부탁을 빙자한 지시사항을 적어놓았다. 아침에 일어나 수첩을 후다닥 펼쳐보면 지난밤 내가 써놓은 편지뿐이었다. 수첩 맨 뒷장을 펼쳐봐도 답장은 없었다. 편지 끝에 몇번 더 답장을 써놓으라고 협박(?)을 하다가 대놓고 "아니 왜 내게 답장을 안 쓰는 거야?" 따져 물었다. "알잖아. 나는 원고료 없는 글은 안 쓰는 거." 자기 유머에 만족한 듯 남편은 껄껄 웃었지만 나는 하나도 웃기지 않았다. 크리스마스 선물로 크고 대단한 것을 받고 싶어한 아이가 남들보다 큰 양말을 걸어놓고 잠들었는데 깨어보니 돌멩이 한개도 들어 있지 않은 양말을 마주한 기분, 딱 그런 기분이었다. 꿍꿍이가 있던 나의 편지 쓰기는 중단되고 말았다. 여기서 우리는 두가지 교훈을 얻을 수 있다. 편지를 쓰는 자는 답장을 바란다는 것! 또 하나는 무언가 갸륵한 일을 할 때는 어떤 바람이나 기대 없이 해야 갸륵한 일로 오롯이 남을 수 있다는 것……

이 이야기는 새드엔딩이 아니다. 슬퍼하기엔 이르다. 언젠가부터 기대하지 않았던 때에, 생각지도 못한 사람들로부터 편지를 받게 되었다. 그들은 내 책을 읽은 독자라는 이유만으로 내게 편지를 주고 갔다. 강연을 끝내고 돌아가는 기차 안에서 연달아 세번을 읽은 편지가 기억난다. 60대를 훌쩍 넘긴 중년 여성의 편지였다. 자신은 무언가 반짝이는 사람이 될 줄 알았는데, 아이를 다섯이나 낳아 아이들의 엄마로만 살고 있다고 했다. 요새는 조금씩 글을 쓰는데 쉽지 않다며, 작가인 내가 부럽다고 했다. 처음엔 질투가 나기도 했지만 지금은 내가 잘되길 바라고 있다고 고백하는 편지를 나는 여러번 읽었다. 이런 편지도 있었다. 짝사랑을 하고 있는데 사랑이 이루어졌으면 좋겠다는 이야기, 코로나19로 인해 회사 동료들이 권고사직을 받는 가운데 자기만 남아 회사를 다녀야 하는 심정을 토로한 이야기, 내가 쓴 글의 내용이 꼭 자기 이야기처럼 읽혀 위로를 받았다는 이야기들…… 매달 글을 연재하는 잡지의 편집장님과 원고를 사이에 두고, 내밀하고 작은 이야기를 편지로 주고받기도 했다. 이상하게도 그분에게는 어떤 얘기라도 털어놓을 수 있을 것만 같았다. 누군가에게 편지를 쓰고 싶은 마음의 힘은 어디에서 오는 걸까?

스무해도 더 전에 아버지에게 이런 쪽지를 받은 적이 있다. 쪽지 아래에는 이천원이 놓여 있었다.

"연준아, 오늘 장 서면 천원으로 동생 목양말 두켤레 사주고 남은 돈으로는 뭐 사 먹으렴."

이 짧은 쪽지는 내게 '긴 편지'로 남아 있다. 이 편지를 나는 어떻게 했을까? 왜 잃어버린 걸까? 이 편지 안에는 아버지의 진짜 마음이 담겨 있었는데 말이다.

얼마 전 아끼는 사람에게 선물해야 할 일이 있어 무얼 갖고 싶은지 물었다. 그는 필요한 것은 무엇이든 충분히 가진 사람으로 보여 선물할 일이 있을 때마다 고민하게 만들었다. 뜻밖에도 그는 내게 편지를 받고 싶다고 했다. 깨달았다. 그는 내 마음이 갖고 싶은 거구나! 그는 편지가 '무엇과도 바꿀 수 없는 귀한 마음'임을 아는 사람이구나.

편지는 무거운 사랑을 담을 수 있는 가장 가벼운 그릇이다. 편지를 기다리는 사람은 멀리서 걸어오는 누군가의 마음을 마중하는 사람이다. 누가 그 정갈한 기대를 탓할 수 있을까? 소중한 사람이 있다면, 자주 볼 수 없지만 그와 마음으로 연결되는 친밀감을 간직하고 싶다면 편지를 써야 한다. 구체적이고 사소한 이야기들을 나누다보면 그 관계는 깊고 두터워질 게다.

이따금 남편이 묻는다. "그 수첩 편지, 요새는 왜 안

써주는 거야?" 세상에! 그걸 몰라서 물어본단 말인가? 누구든 사치스러운 욕망 하나쯤 품고 살 수 있다. 나쁜 일이 아니다.

아, 편지 쓰고 싶다! 이름을 호명하며 시작해, 이름을 놓아두며 끝내는 일. 이제 나는 엄마의 편지를 바라는 아이가 아니다. 내겐 편지를 나눌 사람들이 있고, 편지에 적힌 마음들이 나를 돌보고 성장하게 한다는 것을 믿는다. 나도 전생에 큰 공은 아니어도 작은 공 몇가지는 세웠던 모양이다.

그곳은 높은 곳에 있었다

그곳에서 우리는 하늘거리는 반소매 블라우스를 입었다. 목 옆부분에서 매듭을 지을 수 있도록 기다란 흰색 끈 두개가 달려 있는 노란 블라우스였다. 우리(여자 셋)는 늘 같은 옷을 입었다. 걸을 때마다 리본이 '엣지' 있게 펄럭이도록 신경을 썼으며 무릎 위로 올라오는 검정 스커트를 입었다. 블라우스는 그곳에서 제공했지만 스커트는 각자 가져와야 했다. 그곳은 스카이라운지에 있었는데, 그래 봤자 서울 변두리에 자리한 7층 건물의 7층이었다. 나는 스물두살이었고 상상력은 풍부했으나 유식한 편은 아니었던지 그곳의 이름 옆에 붙은 '747'이 '보잉 747'을 뜻한다는 걸 몰랐다. 모른 채로 이렇게 말하고 다녔다. "우리가 왜 스튜어

디스 흉내를 내야 해? 비행기도 아니고." 아름답고 무식하던 시절, 나는 그곳에서 일했다.

라운지의 점심과 저녁은 분위기가 달랐다. 점심에는 커피와 오므라이스, 돈가스 등을 내놓았고 저녁에는 맥주나 위스키, 칵테일, 간단한 안주를 팔았다. 가끔 점심에도 술을 찾는 사람이 있었다. 손님이 칵테일을 주문하면 카운터 서랍에서 '칵테일 만드는 법'이 쓰인 매뉴얼 종이를 꺼내들었다. 코팅한 종이엔 다양한 칵테일을 만드는 법이 적혀 있었다. 술을 어떤 순서로 얼마나 넣어야 하는지, 어느 잔에 따라야 하는지 다 쓰여 있었다. 매뉴얼이 적힌 종이를 본다는 걸 손님들이 눈치채지 못하게 조심했고, 다른 동작이 어설프다 해도 칵테일을 섞을 때만큼은 능숙한 척 '요란하게' 흔들었다. 아름다운 빛깔의 칵테일을 여봐라, 하고 잔에 따를 땐 권위를 가지게 되기라도 한 듯 기분이 좋다. 나중엔 칼루아밀크나 잭콕처럼 간단한 칵테일은 매뉴얼 없이도 뚝딱 만들었다.

사장은 여자였는데 우리가 정숙한 동시에 섹시해 보이길 바랐다. 나로 말하자면 언제나 '정숙'이 더 어려웠다

(그렇다고 '섹시'가 쉬웠다는 말은 아니다). 한국 사회에서 그런 걸(정숙!) 갖지 못한 젊은 여자애는 어떤 식으로든 혼구녕이 나고야 만다. 안 그런가? 지금은 이 모든 게 부당한 일이었으며 쇠고랑을 차고도 남을 의식 수준이었다는 걸 안다. 다 지난 일이다.

그곳에서 매일 뭔가를 배웠다. 이를테면 사회생활, 어른들이 가진 쩨쩨한 모습, 고용자의 비열함과 히스테리, 돈 버는 일의 치사함과 고단함 같은 것. 나는 휴학 중이었고 아르바이트를 해 유럽여행을 가고 싶었으나, 아르바이트를 하고 아르바이트를 하며 아르바이트만 했다. 늘 이렇게 말하는 친구가 있었다. "넌 유럽여행을 꼭 가봐야 해, 일은 그만두고. 내가 가보니 유럽여행은 너 같은 애가 꼭 가야겠더라. 넌 정말 좋아할 거야." 나는 휴대전화 연락처에 그 애를 '마리 앙투아네트'로 저장해두었다. 그 애는 대학을 졸업할 때까지 내내 그놈의 유럽여행을 좀 가라고 고사를 지냈고, 나는 결국 화를 냈다. 돈이 있어야 가지! 정확히 말하지 않으면 못 알아듣는 사람이 있다. 그런 사람에겐 마지막에 꼭 화를 내게 된다.

그곳에서 일하던 A 20세 는 야무진 애였다. 오므라이스를 뚝딱 만들었고, 맥주잔을 양손에 여섯개씩 쥐고 나를 수 있었다. 멀리에서도 손님이 뭘 원하는지 알아채고 미리 움직였다. 카운터에서 계산을 빨리했고 외워서 만들 수 있는 칵테일도 많았다. B 26세 는 사회성이 부족해 보였다. 누가 말을 붙이기 전에 먼저 말을 거는 법이 없었고 손님이 불러도 잘 못 들었으며, 돈가스는 늘 가장자리를 태웠다. (생각해보니 그때 우린 서빙, 요리, 음료 제조, 카운터 보기를 다 해내야 했다.) 슬로모션처럼 동작이 느렸고 사장에게 자주 욕을 먹었다. "나이도 많은 게" 일은 제일 못한다는 구박이었다. 생각해보면 스물여섯이 많은 나이는 아니었는데, 사장에겐 '막 부려먹기에' 지나치게 많은 나이였으리라. 우리는 항의하는 법을 몰랐다. B가 혼날 때마다 거북이처럼 고개를 움츠린 채 시간이 지나가길 바랐다. 이야기를 나눠보니 B는 집에서도 왕따인 듯했다. 식구들과 하루에 한마디도 안 할 때가 많다, 자기는 치킨을 시켜도 방문을 닫고 혼자서 먹는다 했다. 나와 A는 어떻게 그럴 수 있느냐며 놀랐는데, 우리 생각에 치킨은 (아무리 미운 식구라도) 식구들과 같이 먹는 거였기 때문이다. B는 우리 중 그곳에서 가장 오래 버텼다.

　나는 주로 오픈시간에 일했다. 오전 10시 30분까지 출근해 묵직한 카펫이 깔린 바닥을 업소용 청소기로 밀고 테이블을 닦고 점심식사 준비를 했다. 어느 날은 사장이 소리를 지르며 문을 밀어 젖히면서 들어왔다. "너 똑바로 안 해? 누가 청소기 위에 멍하니 앉아 있으래? 그러라고 돈 주는 줄 알아?" 알고 보니 사장은 CCTV로 늘 우리가 일하는 모습을 지켜보고 있었다. 그날 딴생각에 빠져 청소기를 돌리다 말고 그 커다란 원통형 청소기 위에 앉아 창밖을 보고 있는 나를 발견한 뒤 쫓아온 거였다. 사장의 집은 가게에서 5분도 안 걸리는 곳에 있었다. 나는 놀란 가슴을 부여잡은 채 청소기를 마저 돌렸다. 사장은 부엌으로 가서 돈가스 개수를 세었다. 혹시 우리가 튀겨 먹었을까봐 늘 감시했다. 우리는 그걸 알기에 돈가스는 먹지 않았고 사장이 없을 때 주방에서 과일 몇조각이나 감자튀김을 집어먹곤 했다. 그땐 늘 허기졌다.

　그곳은 동네에서 제일 근사한 레스토랑 겸 술집이었

다. 제일 높은 곳에 있었다. 창가에 서면 아래가 까마득하게 내려다보였다. 가게에 CCTV를 설치한 곳도 많지 않던 시절이었다. 그곳에서 나는 자주 딴생각에 빠졌다. 창밖을 보고 칵테일을 만들고 오므라이스를 만들고 돈가스를 튀기다 끓는 기름에 살을 데었다. 자주 울고 그보다 더 자주 웃었다. 서로를 '여보'라고 부르던 불륜 커플(단골!)에게 커피와 식사를 차려주었고, 유명 방송작가라는 여자 손님이 랩톱으로 글을 쓰는 걸 지켜보았다. 그분은 일요일 오후 2시마다 라운지에 와 글을 썼다. 나는 꼭 그 사람처럼 되고 싶었다. 그가 커피를 시키면 공짜로 제공하는 과자를 특별히 몇개 더 내주었다.

어느 날 사장이 나를 불렀다. 또 무슨 일로 혼내려나 심장이 빨리 뛰었다.

"내가 너 남은 대학 등록금 다 내줄 테니, 앞으로 몇년 간 우리 가게에서 계속 일하자."

사장이 나를 붙잡아두려는 저의가 궁금했지만 묻지 않았다. 아가, 세상에 공짜는 아무것도 없단다, 말씀하시던 할머니 생각이 났다. 나는 그 자리에서 "그건 싫어요"라고 말했다. 이상하고 두려운 기분이 들었다.

직업이 교수라는 남자가 가끔 혼자 술을 마시러 왔다. 그때마다 사장이 테이블로 가 인사를 하고 어떤 날은 잠깐 앉기도 했다. 그는 늘 비싼 술을 시켰고 그곳에서 우리에게 팁을 주는 유일한 손님이었다. 우리 사이에서 별명이 '젠틀맨'이었다. 딱 한번 그에게 10만원을 받은 적이 있었다. 팁으로 받기엔 큰돈이라 집에 들어가 자랑했다. 그 돈으로 식구들에게 치킨을 시켜주었다. 치킨을 먹으며 B를 생각했다 (방문을 닫고 혼자 치킨을 먹는다는 B가, 지금도 종종 생각난다). 나는 아버지에게 말했다.

"그 여자 사장 있잖아. 등록금을 다 내줄 테니 나보고 자기 가게에서 몇년 일하라더라? 싫다고 했어."

아버지는 "잘했네" 하고 말했다. 그 말을 듣자 이상하게 안심이 되었다. 아무리 높은 자리에 있는 사람이라도 자기 마음대로 되지 않는 게 있다는 걸 알아야지, 그렇게 생각했다.

그때, 칵테일을 만들던 순간만은 좋았다. 다시 돌아가면 더 맛있게 만들 수 있을 것 같다.

나는 그의 등을 외웠다

시간이 휙휙 지나간다. 달력은 시간이 움직인다는 걸 증명하는 도구, 시간의 표식이다. 달력은 시간을 쪼개고 소유하고 기록하려는 인간의 노력을 품는다. 사물의 낡음이나 인간의 늙음? 그런 건 달력으로 알 수 없다. 그건 달력을 보는 인간, 인간을 곁에 둔 사물을 통해야 알 수 있다.

일은 많은데 하기 싫을 때, 무기력이 무능력으로 넘어갈 때, 나는 달력을 본다. 열중해서 보는 건 아니고 길 건너 강 구경하듯('불' 아님) 본다. 저기 강이 있구나. 잔잔한 강이구나. 흘러가는구나. 똑딱똑딱, 규칙적으로까지 보이는구나. 일, 달, 해를 몽땅 데리고 가버리는구나.

달력은 '일상의 등'이다. 등불 말고 등 back 말이다. (달력이 등불로 보이려면 얼마나 진취적인 삶을 살아야 할까. 난 못하지.) 납작하게 벽에 걸린 달력을, 세월의 등(숫자)을, 손톱을 물어뜯으며 본다. 생각 없이. 가는 세월을 짐작하며. 하긴 달력의 용도는 '보는 거'니까. 미간을 찌푸리거나 입술을 깨물며 가는 자의 등을 보듯 보는 거다. 설마 미소를 지으며 달력을 보는 사람이 있을까? 애타게 기다리는 날이 있지 않는 한 달력을 보며 미소를 짓는 일은 병원 대기실에 앉아 미소를 짓는 일만큼 어려운 일일 게다.

달력에 그득그득 차 있는 숫자들은 어딘가 좀 징그러운 데가 있다.

1, 2, 3, 4, 5⋯⋯ 틀림없군.

15, 16, 17, 18, 19⋯⋯ 틀림없어.

23, 24, 25, 26, 27⋯⋯ 영락없잖아.

달력은 불규칙한 숫자 배열을 허용하는 법이 없다. 자명하고 야멸차다. 해의 근면함, 달의 관성, 하루가 '하루'이리라는 약속, 끝없는 '제 일日의 법칙', 그 속에서 우리는 먹고 자고 일하고 싸우고 울고 웃고 외롭다.

달력을 볼 때마다 떠오르는 시가 있다.

당신이 얼마나 외로운지, 얼마나 괴로운지

미쳐버리고 싶은지 미쳐지지 않는지

나한테 토로하지 마라

심장의 벌레에 대해 옷장의 나비에 대해

천장의 거미줄에 대해 터지는 복장에 대해

나한테 침도 피도 튀기지 말라

인생의 어깃장에 대해 저미는 애간장에 대해

빠개질 것 같은 머리에 대해 치사함에 대해

웃겼고, 웃기고, 웃길 몰골에 대해

차라리 강에 가서 말하라

당신이 직접

강에 가서 말하란 말이다

> 강가에서는 우리
>
> 눈도 마주치지 말자.
>
> ─황인숙「강」전문,『자명한 산책』, 문학과지성사 2003.

달력 앞에서 자주 생각하다보니 앞의 3행까지는 외워버렸다. 내가 특히 좋아하는 구절이 있는데 "미쳐버리고 싶은지 미쳐지지 않는지" 이 대목이다. 낭독해보면 얼마나 신명이(?) 나는지! 말 속에 뾰족이 돋아난 화자의 히스테리(그리고 내 히스테리), 소량의 냉소, 일상에 대한 넌더리, 타자에 대한 지겨움이 잘 드러난다. 그러니 달력을 볼 때마다 외치는 거다. 내가 얼마나 "미쳐버리고 싶은지 미쳐지지 않는지!"

마술. 그런 건 달력에 없다.

달력은 현실이다.

설거지를 안 하면 설거짓거리가 그대로 있는 것, 물을 엎지르면 물이 바닥에 그대로 있는 것, 화분을 깨뜨리면 화분이 깨진 채 그대로 있는 것. 나는 이런 게 신기하다. 어느 날은 너무 신기해서 입을 벌린 채 바라보며 놀라고, 놀란 채 자리에 앉아 달력을 또 본다. 모든 것이 가혹할 정도로 자명하다.

생각나는 풍경이 있다. 아버지는 새해마다 달력을 바꿔 달았다. 그림과 숫자가 어우러진 달력이 아니라 네모 칸 가득 숫자가 하나씩 박혀 있는, 달력 본연의 임무를 위해 만들어진 것을 구해 달았다. 아버지는 달력을 한장씩 넘기며 중요한 일정을 적었다. 2월에 엄마 생일, 4월에 남동생 생일, 5월에 고모 생일, 10월에 내 생일. 많지도 않은 식구들의 생일을 적어놓았다. 정작 '그날'이 오면 별일 없이 지나가고 말 '어느 하루'를 새해마다 찾았다. 1월 1일은 아버지에게 소중한 사람들의 생일을 기억하는 특별한 날이었을까. 하루 뜨고 영영 져버린 해처럼, 아버지는 다른 많은 날들을 죽은 사람처럼 잠만 잤다.

아버지는 벽을 보고 오래(하루 스무시간 정도) 잤기 때문에, 나는 그의 등을 외웠다. 시를 외우듯 외웠다. 숨 쉴 때마다 오르내리는 어깨와 구부러진 등을 살피며 내가 한 일은 아버지의 머리맡에 놓인 담배를 훔치는 거였다. 티 나면 안 되니까 한두개비씩 숨을 멈춘 채 훔쳤다. 어느 날은 동대(딱 한개비 남은 마지막 담배)만 남아 있어 훔치지 못한 적도 있다. 나는 대학생이었고 늘 돈이 없었고 담배로 세월을 태워버리는 게 멋인 줄 알았다. 어쩌면 아버지가 알았을까. 간혹 지나치게 조용한 상태일 때, 정오 무렵이 그랬다. 그땐 술에서 깰 시간이니까, 다시 잠들기 위해 술을 더 마셔야 할 시간이니까. 내가 훔쳐가는 걸 알았더라도 아버지는 "이 자식!" 하며 내 손목을 낚아채지 않았을 거다. 모른 체해줬을 거다. 딸이 자기 담배 좀 탐했기로 그렇게 성질을 부릴 양반은 아니었다.

나는 일주일에 두세번은 아버지 담배를 훔쳤고, 그때마다 등을 살폈고(자나 안 자나), 살금살금 담배를 꺼내 돌아설 때마다 벽에 걸린 달력과 마주쳤다. 심하다 싶을 정도로 악필인 글씨와 숫자에 그려놓은 동그라미 같은 것. 그런 건 사람을 슬프게 한다.

아버지의 등은 내가 본 가장 슬픈 달력이었다. 하루, 이틀, 사흘, 나흘…… 오래 잠만 자는 사람. 시간을 두려워하는 사람.

'날'은 위태로움을 품고 있다. 한달이라면, 한 해라면, 얼마나 더 많은 위태로움이 있겠는가. 무서워서 볼 수도 없지. 그런 등이 있다. 그런 강이 있다.

요새는 할 일이 있는데 할 수가 없을 때, 달력을 본다. 다른 달력은 다 잊었다.

미처 몰랐던 맛

어릴 때 나는 싱겁고 순한 음식을 좋아했다. 옥수수, 물복숭아, 고구마, 식혜는 내가 가장 좋아하는 먹거리였다. 맵거나 짠 것은 먹지 못했고 과자나 아이스크림의 단맛은 구미를 당겼지만 어쩌다 한번씩 먹는 음식이었다. 세상에 존재하는 맛 중 '수수한 맛'에 길들여진 내게 벼락처럼 내려와 눈을 번쩍 뜨게 한 건 맥콜이었다.

1980년대 중반만 해도 집에 있는 음료수라고는 보리차가 유일했다. 생수를 사 먹는 사람도 없었다. 탄산음료, 우유, 오렌지주스는 손님이 사 왔을 때나 먹었지, 매일 먹을 수 있는 음료는 아니었다. 그런데 맥콜은 아버지가 자주 마시는 음료였다. 아버지는 옆으로 길게 누워 무협지를 읽으며 마른오징어를 씹었고, 맥주병처럼 생긴 맥콜을 병째 마셨다. 나는 맥콜의 맛이 궁금했다. 그럴 때마다 아버지는 "아휴 써. 이거 정말 쓰다. 애들이 먹으면 큰일 나. 약이야, 약!" 이렇게 말했다. "혹시 그럼 술 같은 거야?" 의심을 거두지 못한 내가 이렇게 물으면 아버지는 한사코 "약"이라 말하며 오만상을 찌푸렸다. 대체 얼마나 쓰기에 저렇게 괴로워한단 말인가.

아버지가 잠깐 자리를 비운 사이에 문제의 그 약을 먹어보기로 결심했다. 얼마나 쓴맛이 날지 모르겠지만 나는 궁금한 건 못 참는 성미였다. 비장한 표정으로 한모금 삼켜보니, 세상에! 맥콜은 놀라운 맛이었다. 그동안 인생이 내게 보여주지 않던 맛! 고작 대여섯해를 살아오는 동안 느껴보지 못한 '쾌快'와 '락樂'이 담긴 맛이었다. 입안에서 톡 쏘는 게 쌉싸름한 듯 뒷맛이 달았다.

나는 씩씩거리며 따졌다. "이거 약 아니잖아. 내가 다 먹어봤어. 달고 시원기만 하던데? 혼자 먹으려고 거짓말한 거지?" 아버지는 뭐가 그렇게 우스운지 낄낄거리며 웃었다. 그 뒤 어떻게 됐느냐. 내 인생의 첫 맥콜을 한모금 마신 뒤부터 아버지가 맥콜을 마실 때마다 나는 옆에 딱 달라붙어 같이 마실 수 있게 되었다. 아직 빠지지 않은 유치로 마른오징어를 씹어 먹으며, 나는 인생의 즐거움 하나를 더 알게 된 듯 뿌듯했다. 그동안 아버지에게 속은 게 분했지만 맥콜 몇모금이면 모든 걸 잊고 금세 기분이 좋았다.

그곳에 가고 있는 기분을 사랑하니까

모르는 사람은 발레를 무대에서 나풀거리며 추는 가벼운 춤이라고 오해할 수 있다. 마치 시가 설탕처럼 달고 고운 언어로 이루어진 장르라고 오해하는 것과 같다. 발레는 힘이 없으면 어떤 동작도 소화할 수 없는 고강도, 고난도의 춤이다. 똑바로 서 있는 데조차 많은 힘이 필요하다. 코어가 제대로 잡히지 않으면 걷고 뛰고 점프할 수 없다. 힘이 들지 않는 것처럼 보이려면 엄청난 힘이 필요하다.

"강철로 된 무지개"「절정」, 이육사의 시구가 들어맞는 분야가 있다면 그건 시와 발레일 게다. 시와 발레는 닮은 점이 많다. 발레는 몸으로 쓰는 시, 시는 언어로 하는 발레라는 말도 있다. 발레와 시는 둘 다 무대를 사랑한다. 무용수의 몸만이 아니라 시의 언어도 무대 위에서 까치발을 한다. 무용수가 음악을 입고 춤춘다면 시의 언어는 음악을 지휘하며 종이 위에서 춤춘다. 둘 다 리듬, 도약, 관객(독자)을 지배한다. 발레가 중력을 거슬러 새가 되고 싶은 인간의 몸짓이라면, 시는 공중에서 비약과 상상으로 날아가는 언어다. 발레의 아름다움이 무용수의 몸을 통해 발현된다면 시의 아름다움은 시인의 영혼과 목소리를 빌려 발현된다. 발레와 시, 둘 다 소수의 열혈 관객(독자)을 갖고 있으며 처음엔 다가서기 어려운 장르라는 인식이 있다. 발레와 시는 힘들이지 않고 점프하고 활강하는 것처럼 보이기 위해 무용수와 시인이 각기 피나는 노력을 해야 한다. 숙련되기까지 지난한 시간을 필요로 하지만, 노력하지 않는 순간 쉽게 퇴보한다. 두 장르 다 '전부'를 요구한다. 누구나 할 수 있고 취미로 하는 이가 많지만, 프로가 되긴 어렵고 이름을 떨치기는 더 어렵다.

취미로 오랜 시간 발레를 해오며 깨달았다. 사람은 결국 같은 행동을 반복한다. 같은 것을 좇고 같은 것을 갈망

하고 같은 실수를 하고 같은 것에 감동하고 같은 고민을 하며…… 나는 자꾸 같은 색을 뽑는다. 시, 발레, 클래식! 허공에 전부를 올려놓고 머물게 해야 빛나는 예술. 그것을 사랑하는 일. 하나는 어느 정도 잘할 수 있는 분야이고, 다른 하나는 이번 생엔 죽었다 깨어나도 잘할 수 없는 분야이다. 어느 날 나는 발레를 향해 고개를 돌렸고, 시의 전생을 본 듯 반해서 몇해째 코가 꿰이고 말았다.

　발레를 할 땐 내가 성스러운 영역에 속한 기분이 든다. 몸을 쓰고 있지만 영혼이 더 활약해야 한다. 세상에 나와 음악, 이곳에 참석한 사람들만 남은 것 같다. 우리만 남아 세상에서 가장 중요한 일에 몰두하는 것 같은 기분, 생활에서 완전히 비켜난 기분이 든다. 음악이 흐르고 차가운 바 bar 를 잡고 몸을 바로 세우고 팔과 다리를 뻗고 까치발로 몸의 중심을 잡고 이쪽에서 저쪽으로 뛰어오르는 동안 다른 생각은 들어올 틈이 없다. 나는 고전적인 영역에 속하는 인물, 현재를 벗어나 존재하는 사람이 된다. 어느 때는 나를 완전히 잊는다.

결국 나는 몰입의 기분을 사랑하는지도 모르겠다. 내가 작고 하찮은 존재이며 가야 할 길이 멀다는 사실이 좋다. 노력하면 닿을 수 있는 곳이 저쪽에 실재한다는 점이 나를 움직이게 한다. 누군가는 바보 같은 생각이라고 비웃을지도 모른다. 백년을 연습한다 해도 내가 그곳에 닿을 수는 없을 테니 말이다. 상관없다. 나는 그곳에 가고 있는 기분을 사랑하니까.

수업을 마치면 세속으로 돌아가는 기분이 든다. 종교에 빠진 자가 기도를 오래 하다 돌아서는 기분, 사랑에 빠진 연인이 밀회를 마치고 헤어지는 기분, 세속에 속하기 싫어 조금은 서글픈 기분이 드는 것이다.

그토록 좋아하던 취미발레 생활에도 권태기는 온다. 몸을 제대로 풀어주지 않은 상태에서 고강도 훈련을 하면 부상을 입고, 근육에 젖산이 쌓여 몸 여기저기가 아프다. 사실 몸 상태보다 마음이 더 문제다. 발레를 한 지 8년이 지났고 최근에는 쉰 적 없이 5년 이상을 했는데 내 실력이 제자리인 것 같아 괴로운 게다. 물론 전보다 미세하게 나아지고 있긴 하다. 체력도 좋아지고 발끝에 힘이 들어가는 정도와 밸런스도 좋아졌다. 문제는 실력이 느는 속도보다 발레를 보는 내 안목이 높아지는 속도가 더 빠르다는 것이다. 좋아하는 극단, 무용수, 작품이 생기고 내 동작에서 어떤 부분이 문제인지 잘 보이게 되면서 깨달음이 온다. 아, 나는 아무리 해도 만족할 만큼 잘할 수 없겠구나! 체감하는 순간이 온다. 취미발레인 중엔 10년이 넘도록 발레를 하면서도 "발레는 왜 이렇게 어려울까" 하소연하는 사람이 많으니, 내 투정은 명함도 못 내민다.

발레는 가혹한 장르다. 의인화하자면, 발레는 엄격하고 잔인하고 비판적이고 신경질적인 장르다. 무엇을 위해? 오직 아름다움에 복무하기 위해! 발레 무용수가 되기에 알맞은 외형은 이렇다. 작은 머리, 기다란 목, 납작한 몸통, 긴 팔과 다리, 턴아웃된 골반, 곧게 뻗은 무릎, 새처럼 볼록한 발등과 뾰족한 발끝 pointe. 이 정도는 기본이다. (나는 진작 탈락이다!) 발레 수업을 받는 80분 내내 선생님에게 이런 말을 듣게 된다.

"무릎 펴세요. 갈비뼈 모으세요. 어깨에 힘 빼세요. 목은 길게. (절박한 목소리로) 팔꿈치, 팔꿈치! 귀와 어깨 사이에 축구공 하나는 들어갈 수 있어야 해요. 둥근 나무를 껴안는 것처럼 팔을 들어야죠. 손끝까지 힘! 손가락이 아니라 손등으로 밀듯이! 발, 포인! 바닥을 쓸듯이, 발가락으로 비질하는 소리가 들리도록 탄듀tendu. 발을 손처럼 쓰세요. 골반 세우고, 엉덩이에 힘을 주고, 납작하게 만드세요. 아랫배! 턴아웃! 무릎 무릎! 아라베스크할 때 상체 세우세요. 키가 계속 자라나도록 늘리세요. 가슴에 힘 빼고, 기립근을 사용해 다리를 들어야죠. 기립근이 아파야 잘한 거예요. 광배에 힘을 풀지 마세요. 땅을 밀어내듯 서세요."

과장이 아니다. 수업을 하는 동안 이것보다 열배는 더 많은, 절규에 가까운 선생님의 외침을 듣게 된다. 선생님은 자신이 익히고 펼쳐온 발레가, 그 아름다움이 전수 도중 무너지는 것을 보는 게 고통스러운 걸까?

발레를 취미로 하는 사람이나 전공생이나 무용수나 모두 춤추기 전엔 바를 잡고 연습해야 한다. 글쓰기에 비유하자면 쓰기 전에 매번 자음과 모음을 반복해 쓰고 익혀야 하는 것과 비슷하다. 바에서 하는 연습은 매번 해도 새롭게 어렵다.

가끔 정신이 들 때가 있다. 나는 무엇 때문에 이 어려운 걸 하는 걸까? 발레는 해도 해도 왜 쉬워지지 않을까? 몸에 무리가 가는 점프 동작을 몇살까지 할 수 있지? 식이조절을 안 하니 자꾸 살이 찌는데 살찐 몸으로 발레를 해서 뭐 할까? 여기까지 생각하면 우울해진다. 발레는 중력을 거슬러 새처럼 날아오르는 동작이 대부분인데 오물오물 빵을 먹으며 배를 두드리는 내 모습이 한심하게 느껴지기 때문이다. 어느 날은 수업 시작하기 전에 "선생님, 어제 먹은 단팥빵과 같이 왔어요" 하고 능청을 떨며 발레복 위로 비죽 나온 뱃살을 만져 보이기도 한다. 취미로 하는 일이니 뚱뚱한 몸으로 하면 어떻고 잘 못하면 또 어떠냐고 할지도 모르지만 그 말은 맞기도 하고 틀리기도 하다. 누구도 내게 대단한 것을 기대하지 않지만 하는 사람은 나름대로 진지한 법이니까.

요새 자꾸 발태기(발레 권태기)가 오려 한다. 도망가고 싶고 멈추고 싶을 때가 있다. 마음의 욕심이 실력을 압

도하는 탓이다. 물러설 수 없다!

　　내가 사랑하는 기분, 성스러운 영역에 속한 기분을 느끼기 위해서 나는 또 분홍 타이즈를 신겠다. 뱃살을 주무르며 씩씩하게, 발레를 하러 가야겠다.

뼈 헤는 밤

한담

사람은 몸을 가진 존재다. 몸은 피부를 경계로 안과 밖으로 나뉜다. 안쪽에는 뼈와 근육, 피, 장기, 세포 등이 있고 바깥쪽은 '나'라는 형상으로서의 물질인 몸이 있다. 몸과 나는 분리될 수 없다. 우리는 몸으로 살아가며 가끔은 영혼의 일탈이나 해방을 꿈꾼다. 하지만 영혼은 몸을 벗어나 존재할 수 없다. 물고기가 물을 벗어나 살 수 없는 것과 같다. 사람들은 때로 몸이 곧 자신이라는 사실을 믿지 못하는 것처럼 보인다.

어느 날 카페에서, 사람들이 꼭 자기 몸처럼 생겼다

는 걸 깨달았다. 걸음걸이, 서 있는 자세, 표정, 몸의 곡선, 목 어깨 골반 무릎을 통과하는 몸의 정렬 상태, 살집, 근육의 분포, 체취, 머리카락의 색과 굵기, 눈빛, 낯빛, 몸의 기운까지! 여기까지가 그 사람이다. 몸을 둘러싼 에너지가 곧 그의 성정이나 형질을 반영한다. 겉만 봐서는 사람을 알 수 없다고 하지만, 과연 그럴까? 나는 "표면이 곧 심연이다"라고 한 니체의 의견에 동의한다.

몸은 인간이 느끼는 감정 신호를 받아 표시하는 신호등이다. 화가 나거나 부끄러움을 느낄 때 뺨은 홍조로 물든다. 몸은 쉽게 감정에 지배당한다. 슬픔이나 기쁨이 극에 달할 때, 몸은 눈에서 눈물을 내보낸다. 눈물은 방귀나 오줌, 똥처럼 자연스럽다. 몸은 감정 소모로 피로해진 상태에서 벗어나려고 감정의 불순물을 내보낸다. 그러니 눈물은 찌꺼기로서 '감정의 오줌'이다. 몸은 자기 안에 있는 찌꺼기를 내보내며 스스로 정화한다. 몸의 신호를 더 살펴보자. 불안할 때 몸은 근육을 수축한다. 구부정한 자세로 땀을 흘리게 한다. 평온할 때 몸의 근육은 말랑해지고 이완된다. 긴장을 하거나 위기감이 엄습할 때 몸은 주먹을 쥐게 하고 침을 마르게 한다. 몸은 좋아하는 대상을 향해 기울어진다. 미간이 펴지고 눈꼬리는 내려가고 입술 끝은 올라간다. 미소를 짓거나 웃음을 내보내는 것이다. 사랑에 빠지면 몸은 그 어느 때보다 탄력이 생기고 빛난다. 향일성인 나무가 빛을 향해 반응하듯 몸은 상대를 향해 뻗어나가려 한다. 이렇게 몸은 감정을 수신하고 표출하며 반응한다.

진담

내가 스물한살 때, 아버지는 방바닥에 엎드려 죽고 싶다고 말했다. 고작 마흔다섯이었다. 아직 성한 몸에게 '죽는 일'이란 얼마나 어려운 일인지 당시에 우리는 몰랐다. 아버지는 머지않아 죽음에 성공할 수 있을 거라 믿었고 나 역시 아버지의 몸에 죽음이 집행되리라 여기며 슬퍼했다. 사랑했기 때문이다. 가까운 사람이 죽음을 염원할 때, 죽음의 수단으로 알코올을 선택할 때 일어나는 일은 진부하고 끔찍하다. 아버지는 한결같이 죽음을 원했고 정확히 10년 뒤에 성공했다. 10년! 지병이 없는데 죽고 싶다고 말하는 사람에게 난 늘 이렇게 말한다.

"오래 걸려."

그 10년 동안 아버지의 몸을 통해 여러가지를 배웠다. 인간의 슬픔이 '감히' 몸을 지배하려 할 때, 노화와 질병과 자포자기가 합작하여 어떤 일을 벌일 수 있는지 배웠다. 아버지의 몸은 지방간에서 시작해 간경화로, 당뇨로, 고혈압으로, 피부변이로, 간성혼수로…… 여러 단계를 거쳐 순차적으로 망가졌다. 쌩쌩하던 몸은 10년의 노력(그렇다, 노력이다)으로 무너졌다. 그 기간 동안 나는 보호자로서 병원을 드나들었다. 나는 보았다. 의사가 아버지의 복수 찬 배에 주사기를 찔러 넣어 물을 빼내던 모습. 알코올로 몸이 급격히 산성화되어 아버지의 의식이 사라지던 모습. 환청과 환각에 시달려 소리를 지르고 벽을 두드리며 살려달라고 비명을 지르던 모습. 여러번의 혼수상태. 여러번의 중환자실행. 폐쇄병동과 요양원과 응급실행. 새벽의 앰뷸런스, 욕설과 눈물과 비명. 나는 아주 간단하게, 적절한 단어를 사용해 지난한 시간을 요약했다. 왜 요약했느냐고? 펼쳐놓으면 대하소설이 될 수 있다. 장담한다. 나는 아버지의 투병기로 장편소설 세권은 쓸 수 있다. 하지만 그러지 않을 것이다. 지독한 시간을 보낸 사람들은 '축약하는 버릇'으로 자신을 보호한다. 아버지는 아픈 사람이 아니라 죽고 싶었던 사람. 몸이 스스로 회복하려 노력하지 않았다면 죽음까지는 3년, 혹은 1년도 안 걸렸을지 모른다.

어쨌든 이 중심에 '몸'이 있었다. 몸은 그 속에서 괴로워하고 죽고 싶어했지만, 사실 살고 싶어했다. 놀라운 건 기나긴 시간 속에서 아버지의 몸이 틈틈이 회복했다는 점이다. 회복과 퇴원, 다시 악화되기를 반복하며 아버지의 몸은 줄기차게 살고 싶어했다. 기회를 갖고 싶어했다. 나는 죽는 일의 어려움을 회복하려는 몸의 속성, 몸의 의지, 몸의 항상성을 통해 알았다. '시간을 들여' 죽기까지, 몸은 절대로! 삶을 포기하지 않는다.

마지막 침대에서, 아버지의 입과 항문에서 검은 피가 쏟아져나오던 풍경을 보았다. 무언가 불에 타는 냄새가 났다. 몸의 항복 선언. 삶을 움켜쥐고 있던 몸이 쥔 것을 풀어내고 있었다. 세상의 어떤 모습보다 쓸쓸한 풍경이었다. 참담함 속에서 생각했다. 끝이구나. 이것이 몸의 최후야. 이것을 모조리 기억하고, 글로 쓰는 것. 그게 내 일이야. 대부분의 작가들처럼, 나는 독했다.

염을 할 때 아버지의 얼굴과 머리카락, 손과 발을 쓰다듬었다. 그건 아버지의 몸에게 고하는 작별의식이었다. 아버지가 죽은 뒤에도 꽤 오랫동안, 그의 휴대전화로 전화를 걸어보았다. 믿을 수 없어서 그랬다. 죽음은 몸의 사라짐, 그 이상도 이하도 아니다.

그는 약했고, 마음이 여린 사람이 종종 그러하듯 사람에게 상처를 줬다. 아플 때 맘껏 아플 수 있는 사람은 어리거나 이기적인 사람들뿐이다. 착한 사람들은 아프지 않으려고 애를 쓴다. 착한 사람들은 아프지 않기 위해 노력한다.

몸은 내게 언제나 화두다. 몸의 건강, 운동성, 아름다움, 생식, 비틀림, 노화, 죽음, 사라짐은 끝내 신비하다.

잡담

거울에서 흰머리 한가닥을 발견했을 때 이렇게 쓴 적 있다.

"삶이 내게 준 한가닥 스크래치!"

쓰고 나서 잠시 흥분했다. 어떤 열망, 희열, 충족되지 않는 허기 따위가 문장 곁에 나뒹굴 듯 안착했다. 그렇게 쓰인 문장은 꼴불견이다. 문장이 표현하고자 하는 알맹이(정말 하고 싶은 말!) 외에 쓰는 사람의 샷됨이 묻어나온 문장이다. 케첩통을 눌렀을 때 사방으로 튄 붉음처럼, 함부로 튀어나오는 잡음, 그리고 짜증.

욕망이 노화를 욕되게 한다. 정말 그렇다. '욕망'은 왜 받아들이지 못하는가. 자연스러운 늙음, 자연스러운 살찜, 자연스러운 쇠퇴를. 그것을 거역하겠다고 날뛸 때, 아름답지 않은 것들이 발화한다. 활짝. 특히 내 경우엔 '자연스러운 살찜'을 받아들이지 못해 늘 불만이면서, 태어나서 한 번도 진심으로 다이어트를 해본 적이 없다. 음식을 먹지 못하는 일, 이것은 나를 진정으로 화나게 하므로…… (이하 생략.)

20대 때의 내 모습을 아는 친구는 말한다. 내 체형이 완전히 변했다고. 그때 나는 아주 여리여리한 체형이었단다. 그가 반복해 이 말(변한 체형!)을 할 때마다(자주 한다) 나는 불편하다. 내가 미나리도 아니고 언제까지 여리여리할 수 있겠는가! 사실 그에게 화가 나는 게 아니고 변한 내 몸에 화가 나는 것도 아니고, 말하자면 그저 시간의 흐름에 대해 생각할 뿐이다. 우리는 어느 날 문득, 별안간, 도착하는 것이다. 내가 늙은 세계에! 소녀시대는 '다시 만난 세계'를 노래했다지만, 그렇다. 나는 어느덧 내가 '조금은' 늙은 세계를 탐구하며 고개를 갸웃거리고 있다. 이거, 이 얼굴, 이 몸, 나 아닌데?

나는 만 43년을 쉬지 않고 몸을 사용했다.

지금, 내 몸이 증거다.

그래. 흰머리는 삶이 내 존재를 할퀴어 빚어낸, 한가닥 스크래치가 맞을지 모른다. 아닌가? 글쎄, 맞나?

중요한 건 그다음이다. 다음 가닥, 또 다음 가닥, 그러고 나선? 늙음이 다발로 오겠지! 꽃다발은 아니다. 아닐 게다. 나는 늙음을 다발로 받아안고 걸어다니는 사람을 바라본 적 있다. 너무 이른 나이에 노인이 되거나 심지어 더 어린 나이에도 다발로 늙는 사람들이 있다. 고생이라거나 조로라거나, 두 음절로 '상황을 집약'해내기에 편리한 단어가 있다 해도 사용하고 싶진 않다. 요약을 담당하는 (어떤) 언어는 도무지 책임을 지지 않는다. 발언하고 돌아선다. 선포하고 돌아선다. 국회의사당을 울리는 망치처럼. 법전에 찍힌 작디작은 글자처럼. 문학은 가능한 한 그런 짓에 대항해야 한다.

묘담(猫談)

고양이가 헤어볼을 토한다. 고양이를 위해 '캣그라스'를 심는다. 수중재배를 한다. 귀리씨앗을 틔워 뿌리를 내리게 하고, 뿌리 끝을 살짝 물에 닿게 해 싹이 성장하도록 돌본다. 문제는! 날이 더워지며 곰팡이도 같이 성장한다는 것

이다. 화가 난다. 곰팡이를 고양이에게 먹일 생각은 추호도
없다. 곰팡이 씨앗을 틔우려 한 적도 없다. 그런데 왜, 곰팡
이는 같이 태어나고 같이 자라는가?

　내 고양이 당주는 치주염과 치아흡수성병변으로 치
통을 앓고 있다. 알고 보니 50퍼센트 확률로 고양이에게 흔
히 발생하는 질환이고 발치 수술밖에 답이 없단다. 수술 날
짜를 잡았다.

　고양이에게 약을 먹이는 일은 쉽지 않다. 성공하거나
실패한다. 확률은 역시 50퍼센트다. 어제 아침에 실패했고
어제 저녁에 성공했다. 오늘 아침에 성공했다. 방금(오후)
실패했다. 돌아서서 울고 싶은 것을 참았다. (당주 역시 울
것 같은 얼굴이다.) 좋아하는 간식에 약을 타주면 고양이
특유의 기막힌 후각으로 냄새를 감지하고 먹지 않는다. 그
렇게 버린 가루약이 다섯봉이다. 가루약을 캡슐에 넣은 뒤
(반은 흘린다), 고양이 뒤통수를 잡고 입을 억지로 벌리게
해 목구멍 가까이 알약을 쏙 넣으면 끝! 간단해 보이지만
간단하지 않다. 방금 전 당주는 처음으로 내게 발톱을 세웠
다. 발톱을 세우며 눈빛으로 나를 저지했다. 왜 이러는 거야

도대체. 요 며칠 너는 왜 나를 괴롭히니. 안 그래도 치통 때문에 컨디션이 좋지 않은데. 병원에 가는 것도 싫어! 얼마나 싫었으면 이동장에 오줌을 쌌겠니, 이 깔끔한 내가! 도대체 너 내게 왜 이러는 거야. 이렇게 말하는 것 같다. 어쩌면 이렇게까지 생각하지 않는지도 모르지만 울고 싶기는 마찬가지다. 설명하고 싶다. 나는 너를 괴롭히고 싶지 않다고. 네가 먹고 싶은 음식만 제공하고 네가 싫어하는 행동은 조금도 하고 싶지 않다고. 나도 이러고 싶지 않지만 통증, 너를 괴롭히고 있을 통증을 줄여주고 싶기에 이러는 거라고.

어쩌면 생존을 위해 당주가 영리하게 행동하는 건지도 모르겠다. 먹이에서 이전과 달리 수상한 것을 감지했을 때 섣불리 먹지 않기. 평소와 다른 냄새가 나는 먹이에는 위험한 것이 들어 있을지도 모르니(항생제와 소염제다!) 조심하기. 병원에 가는 것에 극도로 스트레스를 받는 고양이 특성상 병원에서는 진정제를 먹인 뒤 데려오라고 했는데, 당주는 먹지 않았다. (내가 차를 타고 혼자 가서 한알에 오천원이나 하는 약을 받아 왔는데!) 가장 좋아하는 간식에 진정제를 섞은 뒤, 가장 좋아하는 트릿을 토핑으로 올리고, 혹시 몰라 닭가슴살까지 섞어 대령했는데! 안 먹는다. 신문을 받는 독립투사처럼 고개를 외로 꺾고 입을 앙다문다. 나는 당주에게 '유관순'이라는 별명을 추가해준다. 그래, 사실은 당주가 지혜로운 것이다. 내가 당주에게 먹이려는 것은 진정제이므로, 그것을 먹으면 한시간 안으로 몸이 흐물흐물해질 정도로 기력이 없어진다 했으므로. 통제당하기 쉬워진다는 것, 사람에게 무력하게 잡힌다는 것, 위험한 상황에서 손쓸 수 없게 된다는 것은 야생에서라면 끝장을 의미할 테니 말이다. 그래 너 잘났다. 너 참 똑똑하구나, 이 고양이야.

　나는 또 당주에게 약을 먹일 것이다. 통증을 없애주고 싶으므로. 그 애가 사료를 먹으려다 아파서 돌아서는 것을 볼 수 없으므로.

　며칠 뒤 당주는 수술을 할 것이다. 한나절을 병원에서 보내고 저녁에 최악의 컨디션으로 돌아올 것이다. 이틀 전부터 당주는 내 옆에서 자지 않는다. 늘 내 왼쪽 옆구리 근처에서 잤는데, 내 왼 손바닥에 작고 귀여운 얼굴을 올린 채 잠이 들었는데 이틀 전부터 남편 곁에서 잔다. 남편은 당주에게 약을 먹이지 않는다. 자기는 마음이 약해 차마 먹일 수 없다고 한다. 나는? 나는 고양이에게 약을 먹이려고 태어난 존재인가?

몸을 가진 존재는 아프다. 당주는 자기에게 벌어지는 치료 일체에 거부감을 가질 것이다. 고양이로서는 이해하기 힘들겠지. 자기가 환묘라는 것, 물리적 치료를 받아야 한다는 것. 하긴 사람도 다르지 않다. 불치병에 걸린 환자를 생각해보라. 자기 병을 바로 이해하고 쉽게 수용하는 환자는 거의 없다. 무거운 병 앞에서 사람들이 처음 보이는 반응은 부정하는 것이다.

요새 자주 운다. 주먹으로 닫힌 문을 두드리고 싶다. 두드리다 부수고, 부수다 지쳐 나가떨어지고 싶다. 누가 저 사람 왜 저러느냐고 물으면 알 수 없어 저러나보오, 말해주면 좋겠다. 화가 난다. 화가 난다는 건 무언가를 수용할 수 없다는 뜻이다.

내게 소중한 존재들이 이곳저곳에서 아프다. 그게 화가 날 일인가? 미숙한 존재에겐 그렇다. 그럴 수 있다. 도대체 몸은 무엇인가? 몸은 왜 병드는가. 병은 왜 '드는' 것인가. 심지어 갓 태어난 아기도 병을 '지닌 채' 태어나기도 한다. 너무한 일 아닌가? 아직 몸을 사용도 하기 전인데……

얼마 전엔 사랑하는 친구가 많이 아프다는 소식을 들었다. 아침에 양치를 하며, 식탁에 앉아 김을 씹으며, 오줌을 누며, 걸어다니며, 글을 쓰다 멈추며, 잠자리에 들기 전 베개의 위치를 바로잡으며 생각한다. 도대체 왜? 어째서?

나는 화가 나 있다. 자꾸 화가 난다.

먼 데서, 두려움에 등이 더 작아졌을 친구를 생각한다. 생각만 한다. 생각과 기도 말고는 할 수 있는 일이 없다.

기담

친구와 저녁 운동을 하고 동네 호프집에 간 적이 있다. 첫 맥주 한모금의 짜릿함을 느끼며 미소를 지은 채 사장님의 돌아선 등을 바라보니, 유니폼에 이렇게 쓰여 있다.

뼈 헤는 밤.

뭐…… 뭘 헤? 뼈? 그러니까 윤동주의 '별 헤는 밤' 아
니고 '뼈 헤는 밤'이라는 거지? 요동치는 심장을 달래며 맥
주를 마셨다. 티셔츠를 입은 채 닭을 튀기는 사장님의 뒷모
습에 자꾸 시선이 갔다. 이 가게에서 얼른 나가고 싶었다.

취학 전 대학로에서 어린이 연극 「헨젤과 그레텔」을
관람하던 때가 생각났다. 남매를 살찌워서 잡아먹으려 하
는 마귀할멈이 어린이 관객을 정면으로 바라보며 이렇게
외쳤다.

"말 안 듣는 녀석은 이리 오너라! 내가 당장 잡아먹을
테니!"

나는 쇼크에 가까운 공포를 느꼈고 그 자리에서 흐느
껴 울고 말았다. 헨젤과 그레텔이 살이 찌든 말든, 그들이
무사히 집을 찾든 말든, 내 안전과 생사가 너무나 걱정되어
내내 울 수밖에 없었다. 어두운 극장에 앉아 내 전 생애인
만 6년쯤을 돌아보며, 마귀에게 잡아먹힐 만큼 그동안 내
가 잘못해온 일을 헤아려보았다. 뼈 헤는 밤. 이 네 글자를
보자마자 그때 생각이 나다니! 그 기분, 그 기억, 절대 잊을
수 없다.

그런데 사장님. 닭을 튀기든 곰을 튀기든, 뼈 헤는 밤…… 하나도 안 웃겨요. 패러디는 웃음이 나와야 패러디 아닌가요?

세상이 천박해서 살 수가 없다, 이렇게 생각하다가.

천박한 게 나는 아닌가, 또 생각하다가.

몸을 가진 나는, 몸을 가졌기에 두렵다.

누가 작은 망치로 밤을 두드리는가

오래 가꾸지 않은 정원을

홀로 거니는 아이

— 최지은 「불면」 전문,

「봄밤이 끝나가요, 때마침 시는 너무 짧고요」, 창비 2021.

나는 쉽게 잠드는 편이다. 복이라 생각한다. 그러나 크고 작은 걱정이나 불안이 있을 때는 다르다. 작은 망치로 하룻밤을 조각내듯 여러번 깨고 잠들기를 반복한다. 그럴 땐 하룻밤이 아니라 여드레밤을 겪은 느낌이다. 몸은 자고 싶은데 마음이 자꾸 헤매는 기분이 들 때 이 시를 만났다.

시인은 단 두줄로 아름다운 불면의 이미지를 만들어 낸다. 군더더기 없이 환하다. 머릿속에서 누가 작은 횃불을 들고 서성이는 것 같다. 발은 차갑고 머리는 뜨거워 몸의 순환 회로가 고장 난 것 같을 때, 잠이 자꾸만 달아날 때 눈 감으면 보인다. "오래 가꾸지 않은 정원을//홀로 거니는 아이"의 혼곤한 서성임!

가꾸지 않은 정원은 어떨 것인가? 사람의 손길이 오래 닿지 않은 정원은 자연보다 황량해진다. 꽃이었던 꽃, 나무였던 나무, 돌멩이였던 돌멩이가 모여서 함께 시들고 있을 게다. 거칠고 쓸쓸한 풍경을 가로지르고 있는 이는 어린아이다. 두려움, 슬픔, 막막함, 약간의 순진함이 아이의 헤맴을 더 정처 없이 만들 것이다.

아이는 그곳에서 볼 수 있는 것, 볼 수 없는 것, 보면 안 되는 것까지 두루 다 볼 것이다. 시간이 영원처럼 느껴질 테고, 그러므로 도착지는 '불면'이다.

생각이 활활 타오르는 어느 밤의 풍경. '불면'이라는 단어에는 불의 씨앗이 숨겨져 있을 것 같다. 이 단어를 조용히 발음해보거나 머릿속으로 생각만 해도 불이 휙휙 지나다니는 것 같다. 타오르는 건 밤, 잠들지 못하는 건 어린 산책자다. 누구나 이런 밤 하루쯤은 알고 있을 것이다.

깨어 있다는 착각

쉽게 잠들지 못한다고 말하는 이들에게 이유를 물으니 뜻밖의 답이 돌아온다. 자는 일에 죄책감을 느낀다, 깨어 있으면 뭐라도 더 할 수 있다, 생각이 멈추지 않는다는 것이다. 그들은 잠드는 대신 처리하지 못한 일거리를 생각한다. 어제의 반성, 오늘의 미련, 내일의 불안에 사로잡혀 각성 상태에 머무른다. 각성은 잠의 천적이다. (무엇이든 잘해내야 한다는) 욕망은 느슨한 마음을 허락하지 않는다. 밤은 혼자라는 감각, 정확히는 혼자 깨어 있어 더 많은 일을 하고 있다는 느낌을 갖게 하는데, 이건 명백한 거짓이다. 생각해보라. 잠들지 못하는 자는 깨어날 수도 없다. 잠에서, 무지에서, 타성에 젖은 생활에서 깨어나려면 우선 잠들어야 한다.

'깨어 있는 삶'을 살고 있는지 모르겠다. 자신 없다. 그러나 지금까지 '잘 자왔는가' 묻는다면 여한 없이 잤다고 확언할 수 있겠다. 물론 불면으로 고생한 기억은 없지만 집에 문제가 생겼을 때나 책을 탈고하는 기간에는 숙면을 취하지 못해 자주 깬 경험은 있다. 그때 알았다. 걱정이 사람을 잠 못 들게 한다는 것을.

공적인 일로 문학 행사에 참석한 적이 있다. 소설가와 평론가가 열명쯤 모인 자리였는데 어쩌다 '잠'이 화제가 되었다. 그 자리에 있던 열명 중 불면증이 없는 사람은 나뿐이었다. 다들 불면이 일상이라고 했다. 나보다 학식과 명망이 높은 분들이 나를 노려보며 잘 자는 비결을 물었다. 아니, 다들 밤에 잠을 자지 않고 뭘 하시는데요? 반문하고 싶었으나 분위기가 삼엄해 미소만 지어 보였다. 조금 부끄러웠다. 그 자리에서 나는 고민도 번민도 없는 철없는 작가로 보였을 게 분명하다.

인정하자. '탐수(貪睡)'이라 해도 좋을 만큼 나는 잠을 좋아한다. 밤 비행기를 타고 이튿날 아침 외국에 도착한다면, 기내에서 숙면을 하지 못한 상태라면, 나는 만사를 제쳐두고 잠부터 잔다. 졸린 상태에서는 이국의 풍경도 달력 속 풍경처럼 보인다. 내 몸에는 '수면 보존의 법칙'이 작용하는 것 같다. 전날 두세시간을 덜 잤다면 다음 날 두세시간을 꼭 보태서 잔다. 작정하고 이러는 건 아니다. 내 몸속에 수면을 관리하는 노조원들이 살아서 부족한 수면 시간을 악착같이 챙겨 강제로 잠을 자게 하는 것 같다. 나는 잠에 관한 한 대단한 욕심꾸러기다.

누군가는 깨어 있는 시간이 더 가치 있다고, 자는 시간은 아까운 시간이라고 말하지만 내겐 항상 잠이 더 소중하다. 중요한 일을 해야 할 때, 이를테면 급한 원고를 써야 하는데 몸이 피로하다면 나는 일단 잠부터 잔다. 자고 일어나 책상 앞에 앉으면 새 몸과 새 마음을 얻은 것 같다. 지금도 게걸스럽게 잠을 자고(마감에 늦었는데!) 이른 아침에 일어나 이 글을 쓰고 있다. 꿈속에서도 잠에 관한 글을 쓰다가 일어났다. 기억나는 문장은 다음과 같다.

"일을 마치지 못한 상태에서 까무룩 자는 잠은 '얼음잠'이다. 살얼음판 위를 살금살금 걷는 잠, 스케이트 타듯 이리저리 밀려다니는 잠이다. 깨고 나면 허무하다. 자는 중에도 지나치게 애를 쓰느라(미끄러지지 않겠어!) 피곤이 풀리지 않는 잠, 일을 놓은 것도 놓지 않은 것도 아닌 채로 자는 잠, 얼음이 녹은 커피처럼 차고 밍밍한 잠이다."

잊어버릴까봐 이불을 걷어차고 일어나 이 문장부터 받아 적었다. 내가 '받아 적었다'고 한 건 무의식이 일러준 문장을 의식세계로 돌아온 내가 건네받은 것에 지나지 않아서다. 잠이란 의식세계에서 퇴근하고 무의식세계로 출근하는 일이다. 무의식은 의식이 하지 않는 생각, 할 수 없는 생각을 우습게 해낸다. 무의식은 한톨의 진부함도 없다. 세상의 모든 진부함은 의식이 시킨 일이다. 내가 산문보다 시를 쓸 때 더 해방감을 느끼는 이유도 여기에 있다. 시는 무의식이 종이 위를 마음껏 뛰어놀도록 허락한다. 창의적인 일은 잠의 한복판에서 시작한다. 갓 태어난 아기가 살아

내기 위해 우선 자는 것처럼.

길게 자지 못하는 선배에게 잠이란 무엇인가, 물었다.

"내게 잠은 대파는 아니고 쪽파 같은 것."

"무슨 차이가 있죠?"

"쪽파는 다듬고 대파는 깐다, 하는 거지."

"쪽파는 다듬고 대파는 까는 거란 말이지요?"

"쪽잠이 내 잠의 기저라는 말이야."

선배의 답이 알쏭달쏭해 곱씹어본다. 그에게 잠은 쪽파처럼 다듬는 것, 여러 갈래로 나뉘는 것, 대파처럼 거의 모든 한식에 들어가는 게 아니라 굳이 안 들어가도(안 자도) 얼마간은 버틸 수 있는 것일지도 모르겠다. 날마다 충혈된 토끼 눈을 해서는, 어제 한숨도 못 잤다고 고백하는 선배를 보면 말해줘야겠다.

"잠은 다듬는 게 아니라 몸을 내주어 풍덩 빠지는 일이어야 해요. 쪽파는 안 됩니다!"

잠은 고양이에게 배워야 한다. 풀숲에 숨어 자는 길고

양이도, 소파에서 몸을 늘어뜨리고 태평하게 자는 집고양이도 불면을 모른다. 잠은 고양이의 주요 일과이자 빠뜨려서는 안 되는 하루의 소명이다. 사냥할 때를 제외하고 고양이는 일하지 않는다. 노동하는 고양이를 상상할 수 있는가? 노동이나 훈련은 개의 일이지 고양이의 일이 아니다. 노동하지 않는 자세에서 고양이의 우아함과 잠꾸러기로서의 면모가 드러난다. 사람은 내일을 위해, 피로를 풀기 위해, 손상된 세포를 재생하기 위해, 밤이 도래하기에 잠을 청한다지만 고양이는 오로지 잠을 위해 잠을 잔다. 페르난두 페소아식으로 말하자면 "그걸 사랑해서, 그래서 사랑하는 것"이다. 고양이가 좋아하는 사람은 잠든 사람이다. 고양이에게 잠든 사람은 가장 편안한 사람, 자기를 귀찮게 할 위험이 없는 사람인 모양이다. 우리 집 고양이는 다른 방에서 자다가도 내가 낮잠을 자는 때를 기막히게 알아채고 어느새 곁으로 와 내 손바닥에 얼굴을 올려둔 채 잔다. 평소에는 불러도 몇걸음 떨어져 앉거나 곁에 왔다가도 금세 자기 자리를 찾아 가버리는 녀석인데 내가 잠든 순간에는 꼭 곁으로 온다. "네가 잠들기를 기다렸어. 자는 일이 얼마나 좋은데, 이제야 자니?” 하는 것 같다.

이 글을 쓰는 도중에 깨달은 한가지! 자신에게 관대한 사람은 잠을 양껏 잘 자는 사람, 자신에게 혹독한 기준을 들이대는 사람(자신과 삶에 대한 기대치가 높은 사람)은 잠을 못 자는 사람, 자신에게 관대하지도 혹독하지도 않은 사람은 잠을 적당히 자는 사람이라는 것이다. 잘 자는 사람은 자신에게, 그리고 자기에게 일어난 크고 작은 일에 관대한 사람이 분명하다.

친구가 자기는 잠들기 전이면 실수한 일이 떠올라 ‘이불킥’을 한다며 나 역시 그러한지 물었을 때 오래 생각했다. 나는 자기 전 ‘이불킥’을 한 기억이 거의 없어서다. 잠자리에서는 생각을 한정하는 게 좋다. 생각을 하다 자야 한다면 자기 자신에 대한 것 말고 ‘완전한 타인에 대한 생각’을 하는 게 좋다. 완전한 타인은 대부분 책 속에 있다. 나는 침대에서 책을 읽다가 책이 얼굴 위로 자꾸 떨어지면 조명을 끄고 느긋하게 잠든다. 하루 중 이 시간을 가장 좋아한다. 산뜻한 내용이 담긴 산문집이나 지식과 정보가 촘촘히 담긴 책(졸음이 금세 몰려온다!), 짧은 소설, 여러번 읽어 내용을 알지만 좋아서 또 읽게 되는 책이면 좋겠다.

잠을 잘 자기 위해서라도 자신에게, 자신의 생활에 관대해야 한다. 싫은 사람은 안 보고 살면 그만이지만 스스로를 못마땅하게 여기고 미워하면 사는 게 고역이다. 눈떠서 잠들 때까지 좋아하지 않는 주인공을 데리고 영화를 찍어야 하는 감독처럼 지겨울 게 아닌가. 아, 도대체 누가 그런 영화를 보고 싶어한단 말인가?

좋은 잠은 파도처럼 밀려오는 잠이다. 잠 속으로 서서히 빠져들어 '나'를 잊어버리는 잠이다. 장자가 말한 좌망坐忘 같은 잠! 앉아서 나를 잊어버리는 일이 매일 밤 나에게 와주길 바란다. '나'를 지나치게 붙들고 살지 말자. 들들 볶지 말자. 잠시라도 나를 좀, 잊자!

이 글을 끝내고 나면 아마 나는 낮잠을 잘 것이다. 당신도 알다시피 나는 오늘 이른 아침에 일어나서 글을 쓰느라 두시간이나 덜 잤다. 잠이 솔솔 올 것이다. 고양이가 곁에 와 누울 것이다.

3부

작은 마음의 책

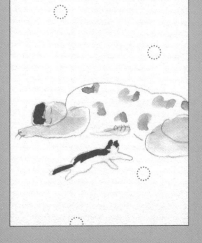

귀가 싫어하는 말

　　―네 앞에선 무슨 말을 못 하겠다.

　　―말꼬투리 잡지 마. 넌 늘 지나쳐.

　　―내 말은 그런 뜻이 아니잖아.

　　―그러니까 말이 그렇다는 얘기지.

　　내게 이렇게 말하던 사람들은 이제 곁에 없다. 멀어졌다. 그들은 내가 말에 지나치게 예민하다고 지적했다. 내 대답은 이렇다. 말, 그게 내 직업이야. 그들은 터지고 싶으나 터질 기회를 못 잡은 화산처럼 들썩였다. 얼굴 찌푸림, 싸움의 전조다.

　　친한 사람과 말로 다툴 때, 식은 차처럼 내면이 고요

145

해질 때가 있다. '싸우는 나'와 상대를 '바라보는 나'가 좁은 복도에 같이 서 있는 기분이다. 나는 싸움에 집중하지 못하고 말은 진출에 실패한다. 논리를 버려둔 채 나를 공격하는, 사랑하는 사람을 볼 때는 이런 생각이 든다. 당신은 왜 그렇게 화가 났을까? 헤엄치는 걸 잊은 수영선수처럼 사지를 허우적대며 이쪽으로 건너오는 말을 본다. 말을 하자는 건데, 주먹이 아니라 칼이 아니라 총이 아니라 말로 시비를 가려보자는 건데. 당신은 왜 그렇게 화가 났을까. 말다툼은 말의 사라짐으로 끝난다. 무거운 커튼처럼 내려와 움직이지 않는 침묵.

말은 사람의 기분을 움직인다. 한자리에서 멀리 다녀올 수 있게 한다. 지하 3층까지 떨어뜨릴 수 있고 나무 위, 구름 위, 태평양 위를 누빌 수 있게 한다. 말은 사람을 웃거나 울게 하고 충격을 받게 하고 지난 일을 용서하게 하고 용서한 일을 다시 헤집어놓게 하고 절교하고 사랑하고 원망하고 감사하고…… 말은 모든 걸 할 수 있다. 말은 이루고 패하게 한다.

인간과 반려동물이 나누는 사랑이 특별하다면 그건

말로 소통하지 않기 때문일 것이다. 말을 제외한 것으로 교감하기 때문이다. 체온과 눈빛, 의미가 아닌 '소리와 뉘앙스'로서의 음성, 가까이에서 시간을 보내는 일로 교감하기 때문이다.

언어 소통은 상대에게 구체적인 바람을 갖게 한다. 기대와 실망, 사랑과 배신, 이해와 몰이해가 몰아치는 언덕에서 부대끼며 생활하게 한다. 우리는 개에게 입신양명을 바라지 않고, 우리가 주는 것보다 더 많은 사랑으로 보은하길 기대하지 않는다. 고양이에게 사랑의 괴로움에 대해 털어놓으며 조언을 구하지 않는다. 우리는 그들이 그저 '존재하기'만을 바란다. 우리는 그들과 말로 할 수 없는 것, 말보다 더 중요하며 충분한 것을 나눌 수 있다. 어느 날 반려동물이 말을 할 수 있게 된다면? 싸우고 의절하고 이혼하는 일들을 반려동물과도 똑같이 해야 할지도 모른다. 우리 집 고양이는 언제나 내게 무언가를 말한다. 알아듣지 못해도 충분한 말이다.

말은 시간의 너머에서 활동하며 시간을 자유로이 타고 옮겨다닌다. 말에겐 동시성이 주어진다. 말은 현재를 끌고 가는 '사건'이다. 말은 현재에 살고 현재에 머물며 현재를 책임진다. 누군가 100년 전에 한 말을 현재의 내가 취할 때(가령 독서의 형태로) 말은 되살아나 현재를 지휘한다. 과거에 태어난 말도 우리 앞에 불려 나오는 순간 현재로 작용한다. 미래를 예언한 말도 우리 앞에 불려온 순간 (다가올) 현재가 된다. 말은 순간과 영원을 동시에 쥐고 있다.

오래전 어느 잡지에서, 한 작가가 자기 작품에 대해 표절 의혹을 제기한 자를 향해 "(만일 표절이 아니라면) 피똥 쌀 때까지" 맞을 각오를 해야 할 거라고 쓴 글을 읽은 적 있다. 누가 머리통을 가격한 것처럼 충격을 받았다. 나는 그의 작품을 좋아하는 독자였기에 말의 폭력성이 더 끔찍하게 다가왔다. 쓰는 자, 그러니까 지겨울 정도로 언어를 살피고 고치며 말에 의한 시간을 살 수밖에 없는 '작가'가, 관용어로 쓰이는 표현이라 해도, 피똥 쌀 때까지 누군가를 때리겠다고 쓰다니? 피똥? 생각해보라. 누군가가 두드려 맞아 피똥을 쌀 때까지라면, 그러기 위해선 얼마나 오랫동안, 혹독하게, 맞고 맞아야 할 것인가. 나는 한동안 분을 삭이지 못해 끙끙거려야 했다. 중요한 건 표절 여부가 아니다. 말이 전부인 순간이 있다. 말은 무섭고 말은 힘이 세고 말은 주워 담을 수 없다. 게다가 활자화된 말(글)이라면? 글은 말의 문신이다. 공식적으로 발표하고 나면 지울 수 없다. 누군가는 읽고, 기억한다. 물론 이렇게 말할 수도 있다.

　　—그러니까 말하자면, 말이 그렇다는 얘기 아닙니까?

　　내 말이 그 말이다. 말이 그렇다는 얘기. 말이 전부다.

귀가 사랑하는 말

귀는 내 몸에서 가장 예민하고 변덕을 부린다. 손가락처럼 바지런을 떠는 일은 없지만, 귀는 늘 무언가를 모으고 담느라 바쁘다. 귀는 몸에서 가장 근면한 수신기다. 몸이 잠든 뒤에도 귀는 완전히 잠드는 법이 없다. 귀는 크고 작은 위험요소를 감지하기 위해 언제나 펼쳐져 있다. 귀는 정직하다. 수동적인 듯 보여도 호불호가 분명하고 열렬히 투덜거리며 능동적으로 갈망한다. 귀는 참을성이 없다. 불협화음, 큰 소리, 자동차 경적, 잔소리를 싫어한다. 내 귀는 누군가 쇠그릇을 숟가락으로 긁는 소리를 내면 체면 불고하고 "그만!"이라고 외치도록 뇌에게 명령한다. 귀는 마음껏 손을 부리고(당장 달려와서 귓구멍을 막아줘!) 눈과 입이 합작하여 시나 편지를 낭독하게 한 뒤 즐거움을 누릴 줄도 안다. 귀가 가장 좋아하는 것은 누군가가 건네는 다정한 말, 알맞은 말, 진실을 품은 말이다. 어떤 말은 음악처럼 아름다울 수 있다는 걸 귀는 안다.

말을 잘하는 사람은 상대의 귀를 섬기는 자다. 내 말이 상대의 귀로 '흘러 들어가는 소리'라는 것을 아는 자다. 그때의 말은 누군가를 가르치거나 충언을 전달하거나 지적하려 하지 않고, 오히려 들으려 하는 말이다. 세상엔 그런 말도 있다. 말하면서 동시에 듣는 자세를 취하는 말. 그런 말은 상대의 귀보다 낮은 자세를 취한다. 말을 잘하는 사람은 먼저 듣고 그쪽을 생각하고 기다리고 머뭇거리다 '드디어 입을 열어 말을 보내는' 사람이다. 그것이 소중한 보따리라도 되는 듯 저쪽으로 건네는 자의 말이다. 이런 말에는 무게와 깊이가 실려 귀를 기울이게 만든다. 말은 언제든 사라질 준비를 한다. 다른 이의 시선과 표정, 이견異見에 자리를 내어줄 여유를 품은 말이기에 강압적이지 않다.

언어에 소리를 입히면 말이 되고, 소리를 그림자 삼

아 새기면 글이 된다. 말은 글과 달라 태어나는 순간 사라진다. 글이 내려앉는 언어라면 말은 솟구치는 언어다. 글이 기록을 위한 언어라면 말은 소리를 위한 언어다. 시는 예외적으로 소리가 되고 싶어하는 글이다. 다와다 요코는 『여행하는 말들』 유라주 옮김, 돌베개 2018 에서 이렇게 썼다. "글이 곧 외침은 아니다. 그러나 글이 외침과 완전히 떨어져버리면 더 이상 문학이 아니다. 글과 외침은 떼려야 뗄 수 없는 관계에 있다." 44면 글과 외침 사이에 시가 있다. 우리가 무언가를 보고 '시적이다'라고 하는 건 그것이 갓 태어난 말처럼 생동하고 움직이며, 외침으로써 듣는 이의 귀를 적실 수 있는 힘을 가졌다는 뜻일 게다. 시만 시인 게 아니다. 귀를 감화하는 말이나 음악, 에너지는 모두 시와 닮아 있다.

몇해 전 한 서점에서 아침부터 밤까지, 작고한 시인의 시집 전권을 낭독하는 추모행사에 참여한 적이 있다. 가을이고 일요일이었다. 긴 시간을 들여 릴레이로 시를 읽는 일이 걱정되었다. 지루하지 않을까, 끝까지 시를 이어 읽으며 시간을 보낼 수 있을까, 의심한 것도 사실이다. 서점지기는 공간을 닫아두지 않고 자유로이 열어두었다. 죽은 시인을 사랑하는 독자와 시인들이 오가며, 그가 남기고 간 일곱권의 시집을 천천히 낭독했다. 낭독하기로 한 사람들은 2층에 모여 앉아 자기 차례가 되면 마이크를 쥐고 다섯편 이상씩 시를 읽었고, 서점 1층에 자리한 사람들은 스피커로 목소리를 수신해 들으며 각자 일을 보았다. 외출이 필요한 사람들은 떠났다 돌아왔다. 1층에선 책을 사거나 읽고, 옆사람과 담소를 나누는 사람들이 스피커로 시를 들었다. 그날 시의 힘이 '말의 힘'이라는 걸 깨달았다. 의자에 아무렇게나 기대앉아 눈 감고 타인이 발음하는 시, 그 고요한 소리를 듣는 순간이 좋았다. 처음 듣는 모어인 듯, 멀리서 들리는 목탁 소리인 듯, 종소리인 듯, 그 소리는 오랫동안 내 귀가 기다려온 소리 같았다. 말로 세례를 받는 기분, 누군가 '소리'로 나를 축복하는 자리에 속한 기분이었다. 시의 의미? 글쎄, 그건 의미의 일이 아니었다. 어떤 시였는지 제목이 무엇인지 몇번째 시집에 수록된 시인지 구체적인 메시지는 기억에 없다. 내가 기억하는 건 손톱으로 의자의 모서리를 더듬으며, 창밖에 흔들리는 나무 이파리를 바라보며, 잠깐 딴생각을 하며, 1층으로 내려와 다른 이들과 담소를 나누며 들은 '말'이었다. 그건 소리이고 에너지였다. 그날 그곳에 모인 우리는 우리가 하고 있는 일을 제대로 모르면서, 말이 줄 수 있는 가장 좋은 에너지를 송출하고 수신했다. 시가 대단해서라기보다 그날 모인 사람들의 마음, 그들이 품은 기운이 정갈하고 아름다워서였으리라.

　　뉴스를 통해 본 국정감사에서 국회의원들이 주고받는 말을 듣다보면 웃음이 터진다. 그들의 자세 때문이다. 꼭 말을 배운 지 얼마 안 된 아이들이 다투는 모습 같다. 고함을 치고 우기고 욕하고 비난하며 불필요한 감정을 잔뜩 쏟아낸다. 코미디 같다. 그들은 왜 차례를 지키며 논리를 세워 말하고 듣지 못하는 걸까? 말로 상대를 제압하고 싶은 욕망, 상대보다 우위에 서야 한다는 목적을 숨기지 못해서일까?

　　말을 잘하는 사람은 자기 말을 끝낸 뒤 상대의 말을 듣고 싶어 귀를 내미는 사람이다. 그가 이해했는지, 수긍할 수 있는지, 다른 의견이 있는지 궁금해한다. 좋은 말은 궁극적으로 대화를 지향한다. 말로 이겨먹으려는 자는 자기

말이 끝난 뒤 상대가 입을 다문 채 저자세로 사라져주기를
바란다. 말로 공격을 퍼부어 상대의 귀를 납작하게 접어버
리고 돌아서는 자다. 이때 말은 무기가 된다. 아무리 옳은
말을 한다 해도 그 말로 인해 누군가 크게 상처를 받는다
면 좋은 말은 아닐 게다.

　말이 필요 없지. 이 말은 내가 아는 한 가장 아름다운
찬사다. 설명하면 할수록 멀어지는 대상, 빈곤해지는 마음,
쓸쓸해지는 뒷맛을 알기에 정말 좋아하는 것에 대해서는
말을 아끼고 싶다. 그것을 '잘' 설명할 수 있는 비법은 없다.
말하려 하는 그 무언가는 말로 표현할 수 없는 것을 말보
다 더 많이, 거느리고 있다. 그래서일까? 중요한 발언대에
서서 잘 모르겠다고 고백하는 자가 있으면 얼굴을 꼼꼼히
들여다보게 된다. 모른다는 게 또다른 위선이 아니라면 그
의 표정에 깃든 정직함을 볼 수 있을 테니까.

　징그럽게 말을 잘하는 사람을 보면 물러서고 싶다. 그
에게 앞만 있을 것 같아서다. 옆, 뒤, 그늘 없이 앞으로 달
리기만 하는 말은 위험해질 수 있다. 그런 말엔 언제나 속
도가 붙는다. 확신으로 가득 차서 말하는 자는 오히려 자기

말에 믿음이 없어 보인다. 말끝마다 소리를 높여 권위를 내세우는 사람을 보면 가엾다. 내면에 지닌 힘이 얼마나 없으면 말에 강세를 두어 그나마 있는 힘을 다 뺄까? 말로 상대를 공격하기 좋아하는 사람을 보면 갑옷을 사주고 싶다. 그는 항상 겁먹은 상태일 테니까. 말을 장황하게 늘어놓는 사람을 보면 꿀밤을 때려주고 싶다. 그는 중요한 말을 제외한 다른 얘기만 한다. 옛날이야기이거나 오지 않은 미래에 대한 이야기. 아마도 그는 자기 현재가 불안할 게다.

내가 본 말을 잘하는 사람은 늘 곁을 주며, 뒷걸음질 치듯 말했다. 자기 말에 겁먹지 않고 정면 승부를 하며 상대를 존중하고, 권위는 없지만 울림은 있고, 말로 무언가를 이룰 생각이 없고, 듣기 위해 말하는 듯 보였다. 좋아하는 말 중에 '고졸 古拙 하다'라는 말이 있다. 기교는 없으나 예스럽고 소박하다는 뜻이다. 이때 '졸 拙'은 '졸렬 拙劣 하다'와 같은 한자 옹졸할 졸拙 를 쓴다. 옹졸하고 천하여 서투르다는 뜻이다. 두 단어를 나란히 두고 들여다보면 옹졸한 게 꼭 나쁜 것만은 아니고, 뛰어난 게 꼭 대단한 것만은 아니라는 생각이 든다. 내 마음을 움직이는 말은 언제나 고졸함에 가까운 말, 낮은 음성에 실려 소박하고 느리게 오는 말이었다. 콩나물을 다듬는 어른 여자가 시든 콩나물대가리를 톡톡 따낼 때 뱉는 '작은 말' 같은 것.

　말을 할 때는 귀도 일해야 한다. 듣는 사람은 누구도 바보가 아니다. 말하는 사람이 바보가 되기 쉽다. 어쩌면 우리가 할 수 있는 말이란 하고 싶은 말의 그림자에 지나지 않을지도 모른다.
　이번 생에 말 잘하기는 글렀으니, 공책 위에 말의 그림자나 가꾸며 살아야 하겠다.

이런 상상은 불온한가?

스무살 무렵 프란츠 카프카를 좋아했다. 나를 사로잡은 작품은 『변신』이었다. 어느 아침 주인공이 벌레로 변신한다는 설정이 신선했다. 말이 되지 않아도 어느 한 세계를 치밀하게 그려내면 핍진성이 생긴다는 것을 카프카에게 배웠다. 작품에 내재된 의미를 생각한 건 한참 후였고, 당시엔 사람이 벌레로 변신한다는 설정에 꽂혀 비슷한 소설을 흉내 내어 써보느라 야단이었다. 카프카 소설의 아류작(?)으로, 내가 야심을 품고 쓴 습작의 제목은 「픽션 혹은 논픽션」이었다. 멋있어 보이는 제목을 짓기 위해 꽤 고심했다. 소설의 첫 문장을 기억한다.

"어딜 갔다 이제 들어와?"

외출에서 돌아온 남자가 자기 개에게 꾸중을 듣는 장면이 소설의 도입부다. (사람이 벌레로 변신하는 것만큼 신선해야 했다.) 줄거리를 요약하자면 이렇다. 게으르고 한심한 무명작가가 저녁부터 새벽까지 자기 개에게 폭언을 듣는다. 남자는 개 앞에서 자신을 변호하려 애쓰지만 무력하다. 개는 남자가 마광수의 『권태』라는 작품을 교묘히 표절했다는 것을 아는 유일한 존재다. 그것을 비판하는 과정에서 개의 위엄과 권위는 하늘을 찌르고, 개는 남자에게 자살을 종용한다. 결국 남자는 개의 지시에 따라 고층 아파트에서 떨어져 죽는다.

　　황당한 이야기지만 상상력이 돋보였기 때문일까? 습작을 읽은 교수님께 호평을 받았던 것으로 기억한다. 그땐 거침이 없었다. 훨훨 날던 내 상상력의 규모는 점점 작아졌다. 상상력은 힘인데, 나이 들수록 힘이 약해지기 때문이다. 게다가 상상력은 제약을 받지 않을 때 활달해지는데 나이와 함께 상식과 관습이 쌓이면서 상상하는 데 방해를 받는다. 힘이 약해진 건 사실이지만 오랫동안 혼자서만 상상해본 이야기가 있다. 가령 이런 상상은 어떤가?

1. 인간의 생식기는 왜 하필 몸 한가운데 있을까

만약 생식기가 몸 여러 곳에 있다면 어떨까? 생식기가 손가락 끝에 달려 있다면 맨손은 불온한 취급을 받을까? 자판을 두드릴 때 자극받을 수 있으므로 손가락을 가리기 위한 장갑이 필요할지도 모르겠다. 어쩌면 위대한 문학 작품의 양이 줄어들지도 모른다. 작품에 열을 올리는 대가들이라면, 작품을 쓰기 위해 신경차단술을 받겠다고 나설지도 모른다. 타이핑을 할 수 있도록 손끝에 연결해 사용하는 도구가 나올 수도 있겠다. 아무하고나 악수했다가는 문란한 사람으로 오해받을 수도 있다. 얼굴에 크림을 바르다 혼자 흥분하는 사람이 있을지도 모르고, 열손가락용 팬티도 필요하겠지! 정숙한 사람이라면 무쇠처럼 딱딱한 골무 같은 팬티를 선택할까? 레이스가 달린 골무도 있을까? 식사를 하다 오줌이 마려우면 테이블 아래로 손을 내려 몰래 오줌을 눌 수도 있겠지. 어쩌면 고급 식당에선 특별 제작한 화장실을 테이블 아래 설치해놓을지도 모른다.

아직 상상은 끝나지 않았다. 만약 입술이나 코에 생식기가 달렸다면? 인간은 코를 맞대어 아기를 만들고, 콧구멍으로 아기를 낳을 수도 있을까? 음식이 입술이나 코에 닿지 않게 조심하는 것이 식사 예절로 간주되었을지도 모른다. 어쩌면 사람들은 식사를 집에서 혼자 해야 하는 일로 여기게 될지도 모른다. 공공장소에서 코를 파는 사람은 풍기문란으로 잡혀갈 테고, 어린이의 코 파기(어릴 때 신나게 누리던 특권!)를 엄격하게 제한할 것이다. 숨어서 코를 파는 어린이는 부모에 의해 심리상담 전문의에게 불려갈지도 모른다. 우리 아이가 왜 이러는지 모르겠어요, 자꾸 문제 행동을 해요, 울면서 하소연을 하게 될까?

2. 세상의 모든 동물이 인간의 언어로 말하면 어떨까

반려동물과 반려인 사이에 볼 수 있던 '무조건적인 사랑'은 사라질 것이다. 자식에게 실망을 느끼는 부모는 있어도(많겠지), 반려동물에게 실망했다고 토로하는 자는 드물다. 나는 이 차이가 동물의 '말 없음'에서 기인하다고 생각한다. 물론 동물들도 다양한 방식으로 의사를 표현한다. 인간의 말과는 다른, 소리나 몸짓으로 얼마든지 말을 한다. 구체적인 의사소통 없이도 반려동물과 반려인 사이에는 언어를 넘어선 사랑이 존재한다. 반려인이 반려동물에게 바라는 것은 (인간이 인간에게 바라는 갖가지 기대와 달리) 건강히 오래 우리 곁에 머물러주는 일뿐이다.

그런데 가령 이렇게 말하는 고양이가 있다면 어떨까? "네 친구 순희네 고양이 말이야. 그 애가 먹는 사료, 난 그것이 더 좋아 보이는데? 나는 왜 맨날 싸구려 사료를 먹어야 하지? 게다가 난 여기보다 더 넓은 집에서 살고 싶어. 점프해서 다닐 곳이 필요하다고. 네 월급으로는 내 취향에 맞는 장난감이나 모래, 간식을 얻을 수 없는 거니? 얘기해봐. 돈을 더 많이 버는 일을 하는 게 어때?"

이렇게 말하는 개는 어떤가? "난 더이상 이렇게는 살고 싶지 않아. 산책 시간도 지나치게 짧고, 넌 날마다 집에 늦게 들어오잖아. 내가 얼마나 스트레스가 많은지 생각해봤어? 난 우울증에 걸릴 것 같다고."

인간이 인간에게 느끼는 구체적이고 부정적인 감정을 반려동물과도 나누게 된다면 분노, 실망, 억울함, 기대, 배신감으로 치를 떠는 순간이 잦아질 것이다. 어쩌면 이런 프로그램이 생길 수도 있다. '우리 반쪽이가 달라졌어요!' 또 '동물농장'과 같은 텔레비전 프로그램은 동물의 초상권과 동물권에 위배되는 점이 있으므로 폐지하라고 목소리를 높이는 동물들이 등장할 수도 있다. 공장식 축산에 반대하는 동물들이 당사자성을 얘기하며 뉴스에 나와 항의하고, 동료의 억울한 삶과 죽음을 알리기 위해 여러 곳을 다니며 시위할지도 모른다. 지금보다 더 많은 사람들이 동물권에 동조하고 비건이 되겠지. 하나부터 열까지 많은 것이 달라질 것이다.

3. 인간보다 몸집이 크고 지능이 수백배 높은 외계인이 지구를 지배한다면 어떻게 될까

인간은 동물과 같은 위치에 놓일 것이다. 애완인간,

혹은 반려인간이 생길 테고 그보다 훨씬 많은 수의 인간이 사육당하거나 식용으로 사용되겠지. 송치로 만든 구두가 있는 것처럼 '어린 인간 가죽'으로 만든 신발을 외계인이 선호할 수도 있다. 거리 간판에 앞치마를 맨 인간이 쟁반을 들고 서 있는 모습을 그려 넣고 '인간 곱창'과 '인간 삼겹살'을 홍보하는 가게들을 볼 수도 있겠다. 수영하며 재주를 부리는 인간, 공놀이를 하는 인간, 글을 읽고 쓰는 인간을 구경할 수 있는 '인간원'이 생길지도 모른다. "이것 좀 봐! 인간이 이런 것도 하네?" 구경하는 외계인들이 있겠지. 인간을 사고파는 '휴먼숍'이 있어, 어린 외계인의 손을 잡고 어른 외계인이 방문해 인간을 사갈 수도 있다. 그때의 인간은 생각하고 느낄 것이다. 외계인만큼 고도로 발달한 지능으로 생각할 순 없겠지만 딱 지금 우리가 생각하고 느끼는 만큼, 그만큼 생각하고 느낄 것이다.

언젠가 이런 상상을 해봤노라고 지인에게 말하니 그가 미간을 잔뜩 찌푸렸다. 왜, 이런 상상은 불온한가? 한번쯤 진지하게 해봐도 좋을 상상이 아닐까?

상상은 생각의 줄넘기다. 생각이 즐겨 하는 유산소운동. 한바퀴 두바퀴, 줄을 넘는 생각이 어느 순간 훌쩍 다른 곳으로 월경越境하는 일이다. 공상이 '열기구에 탄 상상'처럼 닿을 수 없는 곳으로 멀리 달아나는 것이라면, 상상은 새처럼 날아오르다 언제든지 지면에 착지할 수 있는 유연함을 갖고 있다.

오래전 조지 오웰이 상상한 세계, 『1984』나 『동물농장』을 생각해보라. 메리 셸리가 상상한 『프랑켄슈타인』은 어떤가? 이미 현실에서 볼 수 있는 '도래한 상상' 아닌가? 여기저기에서 우리를 감시하는 빅브라더, 세계 곳곳에 존재하는 타락한 독재자, 인간이 만든 슬픈 괴물AI은 우리 주위에 실존한다. 상상과 현실은 종이 한장 차이로 등을 맞대고 있다. 상상 없이는 무엇도 새로 만들 수 없다. 우리는 남이 상상한 것을 발판 삼아 다른 상상에 도착한다. 상상은 기이한 힘으로 세상을 흔들어놓는다. 뒤죽박죽 엉킨 이야기가 다소 불온하게 느껴질 수 있지만 어느 순간 현실과 닮아 있다는 것을 깨닫기도 한다. 그때 우리는 이야기를 처음 상상한 사람을 생각할 것이다. 벌레로 변신한 인간을 처음 생각한 카프카여!

아름다운 시절이 떠내려가는 속도

　모든 좋은 날들은 흘러가는 것 잃어버린 주홍 머리핀처럼 물러서는 저녁 바다처럼. 좋은 날들은 손가락 사이로 모래알처럼 새나가지 덧없다는 말처럼 덧없이, 속절없다는 말처럼이나 속절없이. 수염은 희끗해지고 짓궂은 시간은 눈가에 내려앉아 잡아당기지. 어느덧 모든 유리창엔 먼지가 앉지 흐릿해지지. 어디서 끈을 놓친 것일까. 아무도 우리를 맞당겨주지 않지 어느날부터. 누구도 빛나는 눈으로 바라봐주지 않지.

　눈멀고 귀먹은 시간이 곧 오리니 겨울 숲처럼 더는 아무것도 애닯지 않은 시간이 다가오리니 잘 가렴 눈물겨운 날들아.

작은 우산 속 어깨를 겯고 꽃장화 탕탕 물장난 치며

슬픔 없는 나라로 너희는 가서

철모르는 오누인 듯 살아가거라.

아무도 모르게 살아가거라.

　　　　　　　　　── 김사인 「화양연화(花樣年華)」 전문,

　　　　　　　　　「어린 당나귀 곁에서」, 창비 2015.

　시는 첫 줄에 완성된다. 비약을 좀 보태면 그렇다는 말이다. 비약이라 했지만 과연 비약일까? 가령 "모든 좋은 날들은 흘러가는 것", 이런 시작이라면 어떨까?

　모든 좋은 시는 첫 줄에 사람을 나락으로 떨어뜨린다. 이때의 떨어짐은 밀리거나 고꾸라져 떨어지는 상태가 아니다. 두 발이 땅 위에 붙은 채로 어떤 웅덩이나 절벽 없이, 한자리에서 아래로 사라지듯, 떨어지는 일이다. 어느 날 심장이 무릎 아래로 툭, 떨어져버리듯이. 이 시의 첫 줄은 그 아득함에서 시작한다.

'화양연화'는 인생에서 가장 아름다운 시기를 말한다. 행복은 현재에 없다. 지나고 나서, 그 시간에서 한참 멀어졌을 때에야 오롯해진다. 흘러가는 차 안에서 멀어지는 이정표를 보듯이 '아, 저곳을 지날 때 참 좋았었구나' 아는 것이다. 이 시는 "눈멀고 귀먹은 시간"에 홀로 서서, 아름다운 시절이 떠내려가는 속도를 속절없이 견디며 읽어야 한다. 마지막 연에서 화자의 작별인사는 자연스럽게 터져나오는 리듬으로 읽힌다. "잘 가렴 눈물겨운 날들아./작은 우산 속 어깨를 겯고 꽃장화 탕탕 물장난 치며/슬픔 없는 나라로 너희는 가서/철모르는 오누인 듯 살아가거라."

김사인의 시에는 칼과 눈물이 함께 있다. 비정한 목소리에 눈물 같은 구름이 떠 있거나, 물기 어린 목소리가 작두 위를 가만가만 걸어간다. 이 둘은 김사인 시의 힘이다. 칼과 눈물. 날카로움과 부드러움. 직선과 곡선. 정직과 능청. 토끼와 거북이.

아는 사람은 알 것이다. 시인 김사인, 투사 김사인, 인간 김사인이 한때 얼마나 찬란하고 오롯이 아름다웠는지!

지금도 그 아름다움은 여전하지만 '화양연화' 때의 그는 꽃의 결기와 시의 얼굴로 옷을 해 입은 사람처럼 해사하게 빛났다. 그렇기에 그가 '화양연화'라는 제목으로 이토록 슬픈 시를 내보였을 때 울지 않을 수 없었다.

나는 시를 그에게 배웠다. 그에게 시를 배우면서 '다른 사람'으로 태어났다. 이상하게 들리겠지만 그 일은 아주 쉬웠다. 내가 시를 습작해 가져가면 그는 무턱대고 좋다고 했다. (도대체 어떻게 그럴 수 있었을까? 그와 나의 시는 그토록 다른데!) 시를 배우는 내내 숨통이 트였다. 처음 큰물에 놓여난 물고기처럼 신이 났다. 그동안은 지느러미를 사용하는 법을 몰랐던 애송이 물고기처럼 나는 매일 새롭게 헤엄쳤다. 그는 가두지 않고도 곁에 두는 법을 아는 스승이었다. 암울했던 20대 시절 내 행운은 그를 만난 것, 그에게 시를 배운 것이다. 수업시간에 그는 우리에게 '보는 것'을 가르쳤다. 정확히 보며, 동시에 다르게 보는 것. 나는 그의 곁에서 시인이 갖춰야 할 태도를 배웠다. 내가 무언가를 배우느라 얼마나 바빴는지 신만이 아실 게다. 나는 그의 곁에서 하루에 두뼘씩 자랐고 (그도 분명히 기억할 거라 믿는데) 당신 또한 내 성장에 놀라고 기뻐했다.

내가 아는 시인 김사인은 명사수다. 눈으로 한번에 보고 마음으로 낚는 사람. 그리고 또 한가지, 그는 매서운 독설가다. 그는 인자해 보이지만 정확히 꿰뚫는 눈빛으로 앉은자리에서 사람을 호되게 울릴 줄 아는 사람이다. 왜 우느냐고? 그야 물론 정곡을 찔린 게 아파서다.

나는 그의 시 앞에서 침착할 수 없고 객관적일 수 없으며 무엇보다 감정을 배제하고 차분히 언술할 수가 없다. 나는 한때 그에게 쓴 편지 뒤에 꼬박꼬박 'made in 김사인'이라고 썼다. 내가 시를 중심으로 삶을 꾸려야 하는 운명인 줄 몰랐던 시절부터 알게 된 시절까지, 그후 지금까지도 그는 내게 큰 영향을 미치는 존재다. 이태리피자는 이태리에게 객관적일 수 없을 게다. (이 농담에 웃어줄 수 있는 여유가 있는 사람이 있었으면!)

나는 시를 잘 모르지만 시가 어떻게 우리에게 도착하고 우리를 선택하는지, 우리를 이끌고 우리를 놓아주는지는 알고 있다. 배워서가 아니라 그의 곁에서 그가 시를 옆에 두고 언어를 섬기는 모습을 보았기 때문이다.

　　김사인의 시에는 이런 게 들어 있다. 금 간 백자, 집에서 가장 후미진 곳, 그곳을 기어가는 늙은 거미, 몽당비, 시의 오래된 얼굴, 옛사람의 손금, 냇물의 리듬, 그리고 사랑.

　　나는 한때 말썽(다양한 종류의 말썽!)을 부려 그의 골치를 아프게도 했고, 말을 잘 듣지 않아 그를 속상하게 하기도 했을 테고, 요새는 연락을 자주 안 드려 섭섭함을 안기는 제자이기도 하지만 늘 그와 시를 이야기하던 시절을 그리워하고 있다.

　　팟캐스트 '김사인의 시시한 다방'2014~2016 의 마지막 방송 때 그는 「화양연화」를 낭독했다. 나는 그보다 시 낭독을 더 잘하는 사람을 본 적이 없지만, 그날은 마지막 방송이라 당신도 퍽 슬펐는지 눈물로 몇번 엔지NG 를 냈다. 그 팟캐스트의 작가였던 나는 녹음실 안을 바라보지도 못한 채 그의 낭독을 들으며 펑펑 울었다.

　　우리는 안다. 이 시간이 지나가면 눈멀고 귀먹은 시간이 와서, 우리를 어딘가로 데려갈 거라는 사실을…… 아무래도 이 시는 낭독용은 아닌 것 같다. 자꾸 눈물이 나서 끝까지 읽을 수가 없다.

요새도 그에게 편지를 자주 쓴다. 종이 위에서가 아니라 걸어다니며, 택시를 타고 이동하며, 쓸쓸한 오후 한때를 지나며 혼잣말처럼 툭툭.

"선생님. 잘 지내시죠? 저도 잘 지내요. 그러나, 그렇지 않은지도 몰라요."

아마, 그도 알 것이다.

인생을 여러번 살 수 있는 가장 쉬운 길

인생의 어느 때가 되면(나는 이 '때'를 늙음의 기점이라 생각하는데), 어떤 사람들은 더는 소설을 읽지 않는다. 소설을 읽을 마음이 생기지 않거나 읽는 게 어렵다고 느끼거나 읽을 필요가 없다고 생각하는 것 같다. 왜 그럴까?

질문을 바꿔보자. 소설은 맛있는 음식인가 아닌가? 소설은 재미있는 장르인가 아닌가? 넷플릭스를 보는 시간과 소설을 읽는 시간은 다르게 흐르는가? 비소설과 소설을 읽는 일에는 어떤 차이가 있나?

세상은 이야기로 이루어져 있다. 역사와 철학, 문명과 예술은 모두 이야기다. 어린아이는 이야기를 탐한다. 아이들이 어른보다 이야기에 몰입할 수 있는 건 아이들은 '감정 이입'의 천재이기 때문이다. 아이들은 존재하는 모든 것을 친구로 삼는다. 동물도 친구, 식물도 친구, 음식도 친구가 된다. 당근 친구는 먹기 싫고 옥수수 친구는 먹고 싶은 아이. 공룡 친구는 사랑하고 개미 친구는 싫어하는 아이를 떠올려보라. 아이들은 언제나 이야기에 빠져들 준비가 되어 있다. 어른들은 이야기를 철모르던 시절에 탐했던 것, 쉬는 시간에 영상으로 즐기기에 좋은 것이라 생각한다. 오래 들여다보는 건 시간 낭비라고 생각한다. 어른들에게 이야기는 빈 시간을 채우기 위해 필요한 것일 뿐 중요한 게 아니다. 어른들에겐 뉴스나 주식 정보처럼 실용적인 것, 철학이나 역사처럼 교양을 키울 수 있는 것이 필요하지 '타자의 내밀한 서사'를 들여다볼 필요는 없다고 생각한다. 이렇게 소설은 어른의 삶에서 밀려난다.

소설은 미시사를 다룬다. 소설에는 이런 게 들어 있다. 매일의 구질구질함, 우리가 인생에서 겪는 모든 것, 편집되지 않은 것. 반쯤 쓴 치약, 연인의 머리카락에서 떨어지는 비듬, 이혼을 결정한 부부의 지난한 시간, 죽은 아이를 그리워하는 부모의 슬픔, 불쑥 솟아나는 복수심, 불면의 밤, 드라마가 되지 않는 너저분한 일상, 핍진한 인간관계들, 인생을 인생이게 하는 거의 모든 것이 들어 있다. 소설은 우리 삶의 태반을 차지하는, 특별할 것 없는 일상을 특별하게 조명한다. 인간의 나약함과 담대함, 희로애락, 사랑의 끝과 시작을 자세히 들여다본다.

소설을 읽는 일은 쉽지 않다. 누군가 맛있는 음식을 숟가락으로 떠먹여주는 일과는 다르다. 그보다는 자갈이 섞인 모래사장을 오랫동안 혼자 걷는 일, 걷다가 '새로운 돌'을 찾는 일이다. 새로 찾은 돌 속에서 잃어버린 시간을 발견하는 일이다. 잃어버린 시간을 들여다보다 감정이 치밀어올라 침잠하는 일이다. 살아온 삶을 멈추고, 처음부터 다시 생각하는 일이다.

시를 제외하고(이유는 모르겠지만 시는 이 모든 것에서 언제나 제외된다) 소설이 아닌 논픽션 장르는 독자에게 이야기를 친절한 방식으로 전달한다. 작가가 쌓아온 지식이나 경험을 명료한 메시지로 전달하며 교훈이나 재미 등을 제공한다.

소설은 독자에게 간접적으로, 불편한 방식으로 이야기를 전달한다. 그러나 감히 말하건대 간접적이고 불편한 형식에 소설의 아름다움과 묘미가 담겨 있다. 인생이 우리에게 불편한 방식으로 무언가를 건네고 생각하게 하듯이, 소설은 삶과 가까운 방식으로 이야기한다. 논픽션은 삶의 형식과 거리가 있다. 그것은 삶이 아니라 삶의 요약본처럼 존재한다.

소설의 이야기 방식은 효용과 거리가 멀다. 소설은 직접적이지 않고 에둘러 말하는 방식을 택한다. 독자가 목차를 미리 본다고 줄거리나 전체 흐름을 파악할 수도 없다. 대충 읽을 수 있는 부분도 없고 넷플릭스처럼 빠르게 돌리며 볼 수도 없다. 어떤 소설은 한번 멈추면 다시 진입하기 어려워 처음부터 새로 시작해야 한다. 소설은 처음부터 끝까지 우직하게 읽을 수밖에 없다. 백개의 문이 있다면 백개의 문을 하나씩 다 열어본 뒤 들어갔다 나와야 한다. 시작부터 끝까지 독자가 오롯이 '통과'하며, 주인공의 삶을 그 사람인 듯 살아봐야 한다. 그렇게 해야만 얻을 수 있는 가치가 있다.

　이제 많은 사람들이 이 지난한 과정을 겪으려 하지 않는다. 이야기라면 OTT 매체를 통해 힘들이지 않고 눈앞에서 펼쳐지는 서사를 취하면 된다고 생각한다. 삶을 웬만큼 살아냈다고 자부하는 기성세대는 어떠한가? 명확하고 구조화된 지식을 취하는 게 득이라고 생각하는 어른들, 현학적인 글을 읽으며 우월감을 느끼는 어른들은 더는 소설을 읽지 않는다. (읽어내지 못한다.)
　소설을 읽는 일은 '뜬구름 잡는 일', 시간이 남아도는 사람이 '시간을 죽이며' 읽어치우는 일에 비유되기도 한다. 그러나 시간을 죽이는 방법을 모르는 이들이여, 시도해보라. 소설을 읽는 일이 얼마나 복잡하고 집중력을 요하는 일인지 알게 될 테니!
　소설 읽기는 '나'를 희생해야 하는 독서다. 읽는 내내 나 아닌 너, 당신, 타자의 세계에 빠져 있어야 한다. 현실의 '나'로 자꾸 되돌아오는 사람은 소설을 읽어낼 수 없다. 그에겐 소설을 읽을 능력이 없다. 자기 현실만이 중요한 사람은 소설을 견디지 못한다. 그에겐 남의 소소한 생활에 할애할 시간이 없다. 가짜 세계(허구)에 몸과 마음을 걸고 세 시간에서 다섯 시간, 때로는 며칠, 몇 달을 할애할 의지가 없다.

내 몸이 내가 경험하는 것의 총체라고 할 때, 단 한 번의 유한한 삶을 사는 나는 얼마나 작은 존재인가? 소설은 한 사람의 존재 저변을 넓히는 가장 좋은 방법이다. 소설을 통해 우리는 이스라엘의 군사가 될 수 있고, 사랑 때문에 자살한 러시아 여성도 될 수 있다. 고기를 잡느라 평생을 고생한 늙은 어부가 될 수 있고, 퇴학을 당한 뒤 사회부적응자로 낙인 찍혀 정신병원에 입원한 소년이 될 수도 있다.

밀란 쿤데라는 그의 저서 『커튼』박성창 옮김, 민음사 2008 에서 서사시에 등장하는 영웅들이 죽는 순간에도 위대함을 잃지 않은 데 반해 소설의 인물은 찬양받기를 요구하지 않는다고 썼다. 소설의 인물은 다만 이해받기를 원하는데, 이 둘의 차이를 강조했다. 소설은 인간을, 정확히는 '패배한 인간의 삶'을 이해하는 연습을 하게 한다.

지금보다 더 나은 삶을 살기 위해, 혹은 훌륭한 사람이 되기 위해 책을 읽는 사람이 있다. 물론 이 자체로 근사한 태도다. 하지만 문학 텍스트에는 훌륭한 인물보다 실패하거나 좌절한 인물이 더 많이 등장한다. 쿤데라의 말처럼 우리가 "삶이라고 부르는 이 피할 수 없는 패배"에 직면한 존재라고 한다면, 삶의 본질은 성공에 있지 않을 것이다. 삶의 가치는 실패를 인정하는 가운데, 그럼에도 불구하고 겸허히 나아가는 인간의 태도에 있다. 소설은 그게 무엇이든 진실을 보여준다.

성공담이 아니라 실패담, 부조리한 세상에서 고군분투하는 사람의 이야기에 마음을 기울이는 사람이 소설을 읽는다. 훌륭한 삶을 살기 위해서가 아니라 깊이 있는 삶을 살기 위한 독서다. 당신을 다 이해할 수 없어도, 그럼에도 불구하고 당신의 입장에 서보겠다는 다짐이 소설을 계속 읽게 한다.

당장에 이득이 없다고 소설 읽기를 그만둔다면 당신은 빠른 속도로 늙을지도 모른다. 인생의 오솔길은 보지 못하고 대로변으로만 다니는 삶을 살게 될지도 모른다. '나'를 커다랗게 키우고 싶다면 남의 삶에 개입해 그 사람이 되어봐야 한다. 인생을 여러번 살 수 있는 가장 쉬운 길, 소설에 있다.

내리는 눈처럼 무구히 시작하는 태도

모든 시인이 새가 되기를 열망하지만, 시인이 되기를 열망하는 새는 없다.

─메리 루플 「가장 별난 것」, 민승남 옮김, 카라칼 2024, 67면.

이 문장을 읽고 울었다. 얼굴을 손에 묻고 울었다. 손은 부드러운 그릇처럼 얼굴을 받아준다. 손은 얼굴을 끌어안는다.

나는 왜 울었을까? 새가 되기를 열망하지만 될 수 없는 자의 숙명이, 날개 없이 파닥이는 공중 도약이 떠올랐을까? 이런 문장은 책 한권을 능가하는 힘을 가지고 있다. 누군가를 울게 할 수도, 다른 곳으로 날아가게 할 수도 있다.

위의 문장은 메리 루플이 쓴 탐조일지 중 일부다. 메리 루플은 8월 19일부터 9월 29일까지, 새를 관찰한 뒤 알게 된 내용을 기록한다. 어느 날은 "매 한 마리가 하늘 높이 맴돌고 있다"58면고 쓰고, 어느 날은 새를 더 잘 보기 위해 오페라글라스를 샀다고 쓴다. "우리가 사랑하는 대상에는 결코 이름을 붙일 수 없는"63면지 묻거나 슬픔 sorrow 과 참새 sparrow 를 번갈아 발음하며 두 발음 사이의 닮음과 다름 사이에서 서성인다. 그녀는 급기야 '참새'라는 단어에서 이런 의미를 채굴한다.

"오 스패어 O Spare, 오 구해주세요 오 스패어 오 스패어 오 스패어."71면

'참새'라는 기표에 구원을 속삭이는 소리가 깃들어 있다는 것을 알아낸 뒤 그녀는 기록하고, 나는 울었다. 슬프지 않은가? 한 단어에서 존재의 심연을 들여다보는 일, 이게 그녀의 일이다. 이 사유 과정에 인과는 희박하지만 아름다운 당도가 있다. 메리 루플의 글은 한사코 어딘가에 도착하게 한다. 끝까지 읽으면 '이상한 슬픔' 끝에 도착한 새가 된 기분이 든다.

메리 루플은 별난 작가다. 어떻게 별난지 묻는다면 '너무 뾰족해 주머니에 구멍을 낼 수밖에 없는 별처럼' 별나다고 하겠다. 별처럼 별나다니! 그녀를 표현하는 비유로 알맞은 것 같아 혼자서는 흡족하다. 어떤 별은 너무 뾰족해서 빛난다. 빛나서 슬프다. 슬퍼서 불편하다. 불편해서 아름답다. 그러나 메리 루플은 언제라도 주머니에 넣고 싶은 별이다. 주머니가 뚫릴지라도, 아니 뚫리고 싶기에 품고 싶은 별이다. 한 존재의 뭉툭한 마음 귀퉁이를 뚫어주는 글을 만나기는 쉽지 않다. 메리 루플은 그런 일을 한다. 이게 그녀의 일이다.

메리 루플의 『나의 사유 재산』 박현주 옮김, 카라칼 2021 을 처음 읽었을 때가 기억난다. 나는 그야말로 열광했다. 그녀의 별남 때문이다. 세상에서 구태의연한 이야기를 가장 견디지 못하는 족속이 있다면 단연 시인일 텐데 메리 루플의 글은 어디 한군데 진부한 곳이 없었다. 평범한 것과 진부한 것은 다르다. 메리 루플의 문장은 삶이라는 바다를 항해하는 '별난 배' 한척 같았다. 그 배에서 내려오고 싶지 않았다.

일례로 나는 나와 직업이 같은 반려자와 살고 있는데, 그이의 가방에 일년 넘도록 매일 들어 있던 책이 『나의 사유 재산』이었다.

"도대체 그 책을 왜 매일 들고 다니는 거야?"

"뇌에 자극을 주기 위해서."

물어볼 때마다 그는 이렇게 대답했다. 메리 루플의 글은 그에게 뇌를 지압하는 용도로 쓰인 게다. 뇌를 위한 '괄사 요법'이라고나 할까? 웃어도 좋지만, 우리는 진지했다. 나 역시 새로운 것을 전혀 쓰지 못할 것 같은 기분이 들 때면 몰래 그의 가방에서 책을 꺼내 내 가방에 넣었다. 아무 페이지나 펼쳐 읽으며 킬킬거리거나 울먹이며 사유를 재정비했다.

시 쓰기에 대한 지표를 잃어버렸다고 생각하여 허둥댈 때도 나는 메리 루플의 글을 읽는다. 방법을 알기 위해서가 아니라 잃어버린 기억을 찾기 위해서다. 그러면 새를 꿈꿨던 시간이, 팔과 다리를 날개라 믿으며 간절해지던 시간이 돌아온다. 서서히.

사실 '진짜 시인'들은 긴 글을 쓰지 못할지도 모른다.

명멸하는 별을 보라. 반짝임은 길게 일어나지 못한다. 짧고 강렬하게. 다음, 그다음으로 연결되는 징검다리처럼 빛난다. 그게 시인의 일이다. 메리 루플이 짧은 산문을 쓰는 방식을 보며 알았다. 짧은 글 위에 모자처럼 얹혀 있는 제목을 보라. '눈, 밀려난 자의 오랜 슬픔, 반려동물과 시계, 안개의 시간……' 평범해 보이지만 감각적인 제목이다. 메리 루플의 산문은 제목까지가 한벌의 맞춤옷처럼 보인다. 어쩌면 메리 루플에게 산문 제목은 글의 내용만큼(꼭 그만큼!) 중요할지도 모른다.

가장 진부하지 않은 방식으로 산문을 쓰는 법을 알고 싶다면 이 책을 읽어야 한다. 읽는다고 배울 순 없겠지만 맛볼 순 있다. 메리 루플은 특별하고 싶은 마음 없이, 특별함에 이르는 길을 알고 있다. 그것은 욕망이 아니라 간절함에서 오는 것이리라. 21세기를 살아가는 사람들이 가장 넘치게 가진 것은 욕망이다. 간절함은 촌스럽게 치부되어 버려진다. 그렇지 않은가? 나는 메리 루플의 모든 문장에서 '간절한 결기'를 느낀다. 간절함이 욕망을 앞서면 비로

소 특별해진다. 욕망 따위는 문제가 아니라는 듯 성큼성큼 걸어갈 때 이야기는 비로소 빛난다. 가령 이 책의 아름다운 첫 문장을 보라.

"눈이 내리기 시작하면, 나는 섹스를 하고 싶다."13면

나는 이 문장이 내포하는 의미가 아니라, 이 문장이 책을 열고 걸어나오는 첫 순간, 내리는 눈처럼 무구히 시작하는 태도에 반한다. 열번이고 백번이고 반하고야 만다.

새가 아니면서 새가 될 수 있는 건 고양이뿐이다. 날아오르기 위해선 자신의 도약을 믿어야 하는데(고양이처럼!) 대부분은 믿지 못한 채 욕망으로 부풀어오르기만 한다. 메리 루플은 자신의 도약을 진정으로 믿는 사람이었던 것 같다. 그녀는 물고기의 부레 같은 문장을 쓴다. 떠오르게 하고 유영하게 하고 공중에서 잠시 날아오르게도 한다. 무엇이든. 그게 무엇이든 메리 루플이 글에서 다루는 소재는 날아간다. 잡히지 않고, 살아서 날아간다. 그의 글엔 이런 게 들어 있다. 상상할 수 없는 곳으로 날아가는 돌멩이, "신기한 수면 아래 아다지오의 세계"148면, 지독한 유머, 해

187

탈한 아기, 두려움에 떠는 신, 뒤에 아무것도 남기지 않은 자의 등, 헛헛한 아름다움……

　　세상엔 두 종류의 작가가 있다. 자신의 헝클어진 모습을 보여줄 수 있는 작가와 없는 작가. 메리 루플은 전자다. 자신의 말이 진실에 가깝다면, 산발한 채 퀭한 얼굴로 침 흘리며 울부짖는 모습을 얼마든지 보일 수 있는 작가다. 독자들은 영리해서, 그리고 영리하므로 이런 작가와 사랑에 빠질 수밖에 없다. 나는 메리 루플의 글을 '사랑하므로' 읽는다. 사랑하여 읽을 수 있는 작가가 있다는 것은 축복이다. 눈물 닦고 눈곱 떼고 머리 빗고 목소리를 가다듬은 뒤 생을 이야기하는 작가는 근사할 순 있지만 사랑하고 싶어지진 않는다. 이상한 일이지. 우리는 때로 누군가의 흠결에 매혹된다. 흠결이야말로 그 사람 고유의 것이기 때문이다.

하루치 질문

아침인가? 해는 언제 떴을까? 아침에 눈이 떠지는 일을 관성이라 할 수 있을까? 당연하게 보이는 일을 당연하지 않은 듯 질문하는 것은 정신건강에 좋을까? 누가 맨 처음 물음표를 이런 모양—?—으로 만들자고 제안했을까? 물음표는 귀 모양을 형상화한 것일까? 일어나야 할까? 지금? 내 발치에 엎드려 있는 고양이는 언제부터 깨어 있었을까? 지금 고양이는 밥을 달라고 우는 걸까? 아니면 아침 인사를 하는 걸까? 어젯밤 고양이 화장실 청소를 했던가? 아침으로 무엇을 먹으면 좋을까? 영양가 있는 알약이 개발되어 아침식사를 대체할 수 있다면 좋을까? 좋은 일만은 아닐까?

가만, 빗방울이 유리창에 부딪치는 소리인가? 비가 온다는 예보가 있었던가? 비 오는 봄날 아침이 이토록 아름다운 까닭은 무엇일까? 흐린 날 초록이 더 선명하게 보이기 때문일까? 젖은 초록은 더 깊어진 초록일까? 구름은 태양의 조도를 조절하는 스위치일까? 하늘에 아무렇게 펼쳐져 있는, 비정형의 스위치일까? 나무에 내리는 비는 투명한 회초리를 닮았다고 하면 나무들은 매 맞는 기분이 들까? 아프지 않은 회초리도 있다고 웃을까? 차가운 간지러움이 피어난다고 웃을까? 어떤 나무들은 장마나 폭우, 태풍처럼 무서운 회초리를 생각할까? 잊을 수 없는 기억도 있다고 한숨 쉴까?

꽃은 피었다 지기까지 왜 이리 짧을까? 올봄, 꽃을 기다리다 숨이 끊어진 사람도 있을까? 나이 든 사람이 꽃을 보는 뒷모습은 왜 슬플까? 이파리는 언제 함부로 무성해지는 걸까? 이파리는 왜 항상 무리 지어 흔들릴까? 피보나치 수열을 발견한 레오나르도 피보나치는 하루 중 얼마나 오랜 시간 나무를 바라보았을까? 나무마다 다 다른 잎, 다 다른 꽃, 다 다른 초록을 갖는다는 건 놀랍지 않은가? 여름에 가까워질수록 나무들이 짐승처럼 우람해지고 무시무시한 힘을 갖게 된다는 것을 사람들은 알고 있을까? 이들의 기세, 초록의 힘, 숲을 이루고자 하는 열망을? 밤에 나무들이 술렁이며 세상의 비밀을 까발린다는 것을 사람들은 알고 있을까?

시인 파블로 네루다는 특별한 질문이 시가 된다는 것을 언제 알았을까? 『질문의 책』정현종 옮김, 문학동네 2013 에서 아름다운 질문을 쏟아놓은 네루다는 죽은 뒤 자신이 쓴 시로 인해 누군가의 숨이 가빠지고, 누군가는 시인이 되기도 하리란 것을 알았을까? 뛰어난 시인도 자기 운명은 알 수 없겠지? 나는 왜 이런 쓸데없는 질문을 진지하게 하는 걸까? 질문이 없었다면 시도, 철학도, 예술도 없었을까? 그렇다면 우리를 나아가게 하는 것은 질문일까? 질문은 왜 항상 꼬리에 꼬리를 물고 태어날까?

카페로 들어서는 사람들이 입구에서 우산을 접어 툭툭 털 때, 물방울이 투명하고 작은 새처럼 허공에서 파닥이다 죽는 것을 누가 보았지? 비를 묻혀온 신발, 외투, 손등,

머리카락에 죽은 빗방울의 혼이 잠시 머물다 가벼이 사라지는 것을 누가 보았을까? 커피와 비 냄새가 섞이면 어떤 냄새가 날까? 축축한 기분을 말리려면 어떻게 해야 하지? 그런데 기분을 말릴 수 있는 걸까? 그건 증발의 일일까, 기도의 일일까? 평일 오후 2시에 카페에 온 사람들은 바쁜 사람들일까, 한가한 사람들일까?

무언가를 골똘히 생각할 땐 왜 이마가 무거워지는 기분이 들까? 사람들은 왜 걱정을 이마에 올려둘까? 고민이 있을 때 왜 이마를 먼저 짚을까? 생각은 이마에 겹겹이 쌓이는 걸까? 어두운 생각을 할수록 이마에 주름이 지는 까닭은 걱정이 '이마'라는 땅을 경작하기 때문일까? 페이스트리처럼? 아무 생각도 하지 않으려 노력하면 이마가 매끈해질까? 얼굴에서 이마의 지분은 얼마쯤 될까? 넓고 깨끗하고 볼록한 이마를 가진 사람은 근심이 적을까? 내 이마 위로 뛰어든 물고기는 왜 떠날 생각을 하지 않을까?

지렁이도 산책길에 나설까? 지렁이는 왜 비가 그친 뒤에 많이 보일까? 지렁이도 떼 지어 운다는데, 나는 왜 지렁이 울음소리를 한번도 들어보지 못했을까? 꽤 시끄럽다고 하는데도? 어쩌면 지렁이에게 목청도, 울음도, 울 마음도 없다고 생각한 건 아닐까? 인간은 왜 인간 아닌 것조차 인간의 잣대로 바라보는 것일까? 호랑이에게 인간만큼의 지능이 있었다면 세상을 호랑이 기준으로 바라보고 분류했을까? 호랑이도 지구를 오염시켰을까? 최강포식자로서 다른 동물을 사육하거나 이용했을까? 인간과 지능은 비슷하고 힘은 더 센 종이 있었다면 인류가 이만큼 번영할 순 없었을까? 무서운 생각인가? 그렇지만 인간은 이미 무서운 짓을 더 많이, 줄기차게 하고 있지 않은가? 모든 인간은 나쁜가? 얼마나? 어디에서부터 어디까지 잘못된 것일까? 걸을 때 생각이 여기저기로 뻗어나가 종잡을 수 없어지는 이유가 뭘까?

비 온 뒤의 이 청정한 공기를 언제까지 누릴 수 있을까? 방독면을 써야만 길을 걸을 수 있는 날이 기어코 올까? 그 지옥 속에서 아기가 태어난다면, 갓 태어난 생명들에게 우리는 무어라 용서를 빌어야 할까? 용서받을 수 있는 일인가? 다른 생명들에게는? 지구에서 자꾸 사라지는 꿀벌

들에게는? 배 속에 플라스틱을 삼키고 죽는 물고기와 새들에게는? 오늘이 지구에서 머무는 가장 좋은 날이라면? 우리가 한계선에 서 있는 거라면? '미래'라는 말의 뜻이 어두운 시간을 의미한다면, 우리는 지난 시간을 어떻게 정리해야 할까? 정리해야 할 것이 과거인가, 미래인가? 끝은 벽에 가까울까, 땅에 가까울까, 하늘에 가까울까? 인류에게 남은 시간이 짧다는데 한반도에서 봄날, 오후 다섯시를, 하릴없이 산책으로 보내도 될까? 무엇을 할 수 있을까? 시간이 얼마나 남았지? 질문이 모든 행동의 시발점이라면, 행동의 끝엔 답이 도착해 있을까?

저녁은 언제 밤이 되는 걸까? 누가 밤에게 검은 옷을 입혔지? 밤에 고양이는 왜 욕실로 들어가 울까? 기나긴 하울링 끝에 내려앉은 어떤 감정이, 눈동자에 빛으로 고이는 걸까? 살아 있는 존재가 밤에 느끼는 감정은 아침이 되면 어디로 사라질까? 한밤중에 과학자가 하는 질문과 어린이가 하는 질문은 어느 쪽이 힘이 셀까? 질문을 하지 않는 사람은 답을 알고 있는 자일까, 답이 없다고 생각하는 자일

194

까, 답이 궁금하지 않은 자일까? 답이 없는 질문은 특별히 심오한 질문일까? 답이 있는 질문은 선명한 질문일까? 매일 밤 시를 쓰는 사람과 매일 밤 술을 마시는 사람 중 누구의 내면이 더 캄캄할까? 아픈 사람에게 밤은 내릴 수 없는 기차에서 끝없이 달리는 일과 같을까? 아픈 사람에게 아침은 무거운 문처럼 열릴까? 아픈 사람에게 괜찮냐고 묻는 것 말고 다른 방식의 인사는 없을까? 밤은 새벽과 무엇을 교환하며 사라질까? 잠들지 못하는 사람에게 새벽은 밤의 2막 같을까? 벗어나고 싶지만 벗어날 수 없는 환영 같을까? 질문하는 자는 언제나 묻고 나서 잠깐 멈추는데, 이 멈춤은 무언가를 기다리는 행위일까? 그렇다면 질문하는 자는 무엇을 기다리는가? 당신의 답을? 아니면 스스로의 답을? 아니면 완전히 다른 새로운 시각을 기다리기 위한 멈춤일까? 하루를 질문으로 열고 질문으로 닫아도, 내일은 또다른 질문이 태어나겠지?

나오며

계절—
겨울에서 봄으로

세밑 풍경

더는 뭐가 남지 않은 것 같을 때, 바닥에 손이 닿을 때, 한 해가 저물어갈 때면 끝을 생각합니다. 나뭇잎이 떨어지는 건 나무의 끝인가, 마음이 식는 건 사랑의 끝인가, 하루가 저무는 건 오늘의 끝인가.

'끝' 다음에 도착하는 게 있다면 무엇일까요? 끝이란 게 있긴 할까요? 누가 끝을 보았나요? 그게 보이긴 하는 건가요? 생각이 꼬리를 물고 길어집니다. 끝을 두려워하는 건 목숨 가진 자의 숙명일지도 모르겠습니다.

예전엔 '세밑 풍경'이라는 말을 자주 썼습니다. '세밑'은 "한 해가 끝날 무렵. 설을 앞둔 섣달그믐께"를 뜻하는 말이지요. '연말'과 비슷하게 쓰이지만 '세밑'이라는 말이 왠지 더 근사하게 들리지요. 당시의 세밑 풍경으로, 퇴근하고 돌아가는 사람들이 코트 깃을 세우고 옆구리에 둘둘 말린 달력을 끼고 걷는 모습이 떠오르네요. 지금은 흔한 게 달력이지만 그땐 달력이 많지 않았어요. 한집당 한두개의 달력을 얻어, 벽에 못을 박고 달력을 걸어두었지요. 지금 사람들은 날짜를 확인할 때 각자의 스마트폰을 들여다보겠지만 그땐 모두 달력에 의존했습니다. 달력을 넘기며 일정과 행사, 가족 경조사를 돌보았어요. 이렇게 말하니 제가 굉장히 옛날 사람 같지만 아주 오래된 일은 아니랍니다. 옆구리에 달력을 끼고 휘청휘청 겨울밤을 걸었을 사람들을 상상해보면 쓸쓸한 기분이 들어요.

어제는 아는 사람과 사소한 일로 티격태격 논쟁을 벌였습니다. 시시비비를 따지면서도 삭막해지지 않게 목소리를 낮추고, 미간에 힘을 주지 않으려 노력했습니다. 이건 나이를 먹으며 생긴 습관(이라기보다 각고의 노력)입니다. 끝을 보지 말자. 끝을 보더라도 끝이 아닌 듯 굴자. 마음에 안 들더라도 집에 가서 욕하자. 극단에 서지 말자. 그렇습니다. 마음은 이제 누울 자리를 봅니다. 위험한 곳인지 딱딱한 곳인지 다시 일어나기 편한 자리인지 살핀 뒤 다리를 뻗지요. 혈기 왕성했던 시절엔 윤봉길 의사도 아니면서 (언어)폭탄을 펑펑 잘도 던지며, 사회정의를 구현하려는 듯 앞장서서 논쟁했습니다. 제 의견이 곧 정의라도 되는 듯 까불었지요. 이제는 그러지 않아요. 힘이 좀 없달까요. 주머니에 손을 넣고 집에 갈 궁리를 하지요. 가자. 가서 생각하자. 저 사람과는 안 맞는군. 좀 돌아가는 게 낫겠어. 손톱을 물어뜯으며 궁리하지요. 궁색한 궁리랍니다. 그렇습니다. 매사에 '끝'을 조심합니다.

지척에는 마음을 부릴 데가 없어, 먼 곳에 있는 친구에게 메일을 썼습니다. 이곳에 이해할 수 없는 일이 얼마나 많은지, 무엇 때문에 화가 나는지, 얼마나 불안한지, 마음이 상했는지……

쓰고 나니 비로소 보이는 게 제 마음이더군요. 이곳이 아니라 저곳이어야 풀어놓을 수 있는 마음이란 게 있나봅니다.

음원 사이트에 접속해 한번도 들어본 적 없는 새로운 음악을 찾습니다. 이왕이면 가사를 알아들을 수 없는 외국 음악을 찾아 평생 만날 일 없는 사람의 목소리로 방 안을 채웁니다. 책상 위엔 며칠 전 주문한 새 노트가 펼쳐져 있습니다. 제 마음이 빈 곳간 같다는 것을 깨닫습니다. 이전 노트는 끝(장)을 보지 못한 채 밀려나 있습니다.

온통 빈 곳투성이인데, 끝이라 하는군요. 마음이 어수선하니 다른 곳에서 시작하고 싶어졌어요(공책을 바꾸면 다른 옷을 입은 것처럼 느끼는 편입니다). 김수영의 시처럼 "혁명은 안 되고 나는 방만 바꾸어버렸다"「그 방을 생각하며」고 볼 수 있겠습니다. 혁명. 혁명이라니요? 문을 열고 다른 방을 찾아 기웃거립니다.

내년 달력을 앞에 놓고 아무도 걸은 적 없는 눈길인 듯 바라봅니다.

먼 곳에서부터 새것이 도착할까요?

한 해가 끝난다는 사실을 믿을 수 없습니다. 끝을 본 적 있나요? 당신은 이제 몇살이 되십니까? (미안합니다.) 끝을 생각할 때 방을 옮기는 분들의 구부정한 등, 다른 시작을 응원합니다.

그럼 우리 여기에서부터 벽을 터치한 뒤, 다시 시작할까요?

새해 풍경

눈뜨니 새것들이 하나둘 도착해 있습니다. 새해, 새 날, 새 달력, 새 다이어리, 새 운세, 새 나이! 새로 얻은 것 중 유일하게 반품하고 싶은 것은 새 나이로군요. 많이 먹지도 않았는데 찐 살처럼, 잘못한 일도 없는데 얻은 흰머리처럼 억울합니다. 당신도 그런가요?

1월의 햇빛은 귀합니다. 눈을 녹이고 언 마음을 녹이지요. 환기를 위해 창을 열면 제일 먼저 다가와 냄새를 맡던 고양이도 추운지 서둘러 창가를 떠나네요. 이리 와봐, 와서 덜 녹은 눈 냄새, 땅속에서 겨울잠에 들었을 작은 생물들 숨 냄새(왠지 고양이는 그런 걸 맡을 수 있을 것만 같지요), 겨울나무의 버석거리는 수피樹皮 향기 좀 맡아보렴!

청하고 싶은데, 고양이는 이미 햇빛이 몇뼘 내려앉은 소파에 몸을 누였습니다.

집 현관에 손바닥 크기의 복주머니를 걸어두었습니다. 크리스마스에 양말을 걸어두는 아이처럼 바라는 게 있어서이지요. 복을 지을 생각은 않고 받을 생각만 한다고 욕하셔도 할 수 없어요. 새해잖아요. 괜히 복주머니 한번 털어보고 돌아섭니다. 세뱃돈을 주시던 집안 어른들은 대부분 돌아가시거나 멀리 계십니다. 세뱃돈 대신 하늘의 복이나 바라는 저는 더이상 어리지 않네요.

복주머니를 거두어들일 생각은 없지만(게다가 작은 크기인걸요!) 새삼 이런 생각이 떠오르네요. 새 다이어리에 이루고 싶은 일, 갖고 싶은 덕목만 줄줄 쓸 게 아니라 다른 사람을 위해 베풀 수 있는 일 몇가지를 써보자고요. 두근거립니다. 한달에 한번, 아끼지만 자주 연락하지는 않는 지인에게 엽서를 띄워볼까요? 얼굴 모르는 독자에게 고민을 묻고, 마음이 담긴 편지를 써볼까요? (정말요?) 은퇴한 뒤 쓸쓸해하시는 어른에게 연하장을 띄워볼까요? 생각하니 이 일은 모두 '먼저 다가서는 일'이네요. 새해에는 나서서 그곳으로 다가가보겠습니다. 그곳이 어디이든지요!

겨울의 중심을 지나고 있습니다. 추위에 몸이 떨려도 엄살 부리지 않겠습니다. 무모함은 1월에 깃들기 좋은 것! 괜히 용기가 솟는 것도 같군요.(왜 이러는 걸까요?) 모자와 장갑으로 무장하고 겨울 들판에 서 있고 싶습니다. 오래 사귄 친구가 멀리서 걸어온다면 다짜고짜 가위바위보를 하자고 조르겠습니다. 연유도 없이 별안간 하는 가위바위보! 찬 공기를 가르며 서로를 향해 내민 손, "가위바위보!" 외치는 소리, 그 뒤를 따르는 명랑한 기분과 킥킥거림, 우리에겐 이런 게 필요합니다. 왜 가위야? 왜 주먹인데? 장난이 필요합니다. 인생을 가위바위보 하듯 가볍게 살고 싶어요.

복은 충분히 짓고 받읍시다.
그다음 나머지 시간은 가위바위보 하듯 살아요.

봄을 여는 열쇠를 품은 달

2월은 건너가는 달입니다. 겨울에서 봄으로, 짧은 날에서 긴 날로, 출발점을 떠나 진짜 새 길로 건너가는 달이지요. 달은 보통 열흘이 세번은 반복되는데 2월은 예외입니다. 고작 스물하고도 여덟날뿐이어서 손해를 보는 기분이 들기도 합니다. 겨울의 꽁지에 와 있지만 바람은 아직 차고, 봄이 코앞에 온 듯하지만 한참 먼 것 같습니다. 이럴 때 마음은 어디에 두어야 할까요?

우리에게 필요한 건 이런 게 아닐까요. 한자리에서 봄을 기다리는 의연함, 너무 비싸지 않은 딸기 몇개(요새 딸기 너무 비싸더군요), 곁에 앉아 온기를 나눠주는 고양이의 복슬복슬한 털, 허공을 뚫고 솟은 목련의 눈, 피를 잘 돌게 해줄 양서 몇권.

쉽게 얻을 수 있을 것 같지만 꼭 그렇지도 않아요. 사소한 것을 소중히 생각하는 마음과 느긋한 성정을 가져야만 누리고 맛볼 수 있는 것들이지요.

인디언은 부족마다 달의 이름을 다르게 지어 불렀다는데요. 심심할 때마다 인디언이 이번 달을 뭐라고 불렀을까 찾아봅니다. 인디언들은 2월을 이렇게 불렀다 하네요. 홀로 걷는 달, 강에 얼음이 풀리는 달, 먹을 것이 없어 뼈를 갉작거리는 달, 사람이 늙는 달, 오랫동안 메마른 달······ 신묘하지 않나요? 그들이 아무 이름이나 붙였을 리는 없지요. 세월이라는 고독한 시간과 척박한 환경을 겪어온 이들의 지혜와 깨달음을 담은 작명일 것입니다. 인디언에게 2월은 봄이 오기 직전, 추위와 메마름을 견디는 일의 한계점을 느낀 달이었을까요? 그러니 먹을 것이 없어 뼈를 갉작거려야 하는 달, 사람이 늙는 달, 홀로 걸어야 하는 시간이라 불렀겠지요.

저는 '강에 얼음이 풀리는 달'이라는 말에 눈길이 갑니다. 경직된 풍경이 서서히 풀리는 시간 말예요. 한낮엔 고드름도 똑똑, 소리 내며 녹으려 하겠지요. 이 미묘한 차이를 알아보려면 눈을 크게 뜨고 사방을 관찰해야 합니다. 계절의 변화는 소리 소문 없이 순식간에 이루어지잖아요. 철모르는 사람이 되지 않기 위해 저도 매일 밖을 관찰하겠습니다.

올 2월엔 음력설과 입춘, 정월대보름, 우수가 있습니다. 명절 음식을 먹고 봄의 기척을 느껴보겠습니다. 눈이 녹아 물이 된다는 우수엔 경직된 제 마음도 흐르도록 풀어놓겠습니다.

며칠 전 지인이 재미로 타로점을 봐주었는데, 올해 일이 바쁠 텐데 홀로 불안과 걱정을 품게 될 수 있다더군요. 불안과 걱정! 왜 없겠어요. 그이가 주문 같은 지침을 하나 주었습니다.

"너르게 너르게!"

듣자마자 가슴에 품을 격언이라는 생각이 들었어요.

"내 마음, 너르게 너르게!" 올해 제 화두이자 표어로 삼겠습니다.

제가 인디언이라면 2월을 이렇게 부르겠어요.
봄을 여는 열쇠를 품은 달.

생강나무에 생강꽃, 매화나무에 매화꽃

'춘삼월'이라는 말이 있습니다. 음력 3월 1일을 기점으로 봄 경치가 한창 무르익는 때를 칭하는 말입니다. 춘삼월이라는 말을 들으면 괜히 싱숭생숭해집니다. 젊은 시절의 아버지가 삼촌같이 차려입고 "바람 쐬러 갔다 올게" 말하며 대문 밖으로 나가던 모습이 생각나고요. 봄바람에 외출한 아버지가 웬일인지 영 돌아올 것 같지 않아 불안해하던 이른 저녁이 생각납니다. 스산하지만 겨우 견딜 만은 한, 외로운 시간이었지요.

올해 음력 3월은 4월 1일에 시작하네요. 양력을 사용하는 저는 3월의 쌀쌀함 속에서도 봄을 찾아냅니다. 3월의

봄은 펼쳐진 봄이 아니라 접힌 봄입니다. 부지런히 찾아야 닿을 수 있지요. 3월에도 폭설은 내리고, 경칩 지나도 잠에서 덜 깨어 비몽사몽인 개구리는 있을 거예요. 파주에 사는 저는 3월이 되어도 겨울 점퍼를 집어넣는 일을 미룹니다. (4월까지 넣지 않기도 해요!) 봄기운에 콧노래를 부르다가도 언제 다시 추위에 놀랄지 모르거든요. 혹한을 지나온 인간의 엄살이지요. 그래도 3월에 내리는 눈은 한겨울 눈보다 폭신하고 순합니다.

겨울옷을 정리하지 못하면서도 마음 한쪽에선 봄옷을 생각합니다. 가을옷으로는 스웨터를 떠올리곤 하는데, 봄옷으로는 카디건이 먼저 떠오릅니다. 올봄엔 연두색 카디건을 장만하고 싶습니다. 티셔츠 위에 툭 걸칠 수 있는 연두색 카디건! 생각만 해도 기분이 좋아지네요. 차가워 손이 안 가던 청바지도 툭툭 털어 꺼내놓아야겠습니다. 새 옷을 입어야 새 봄을 맞는 기분이 들 것 같군요. 학생은 아니지만 새 학기를 맞이한 기분도 느껴보고 싶고요. 겨우내 두꺼운 옷을 입느라 답답했던 몸을 가벼이 하고 긴 산책을 하겠습니다. 동네에 새로 생긴 비건 카페에 들러 그곳에서 파는 수프를 먹을 거예요. 채소가 큼직하게 들어 있는 따듯한 수프와 통밀빵에, 커피를 곁들이면 딱 좋겠습니다. 카페 창밖으로 보이는 초등학교 운동장을 바라보겠습니다. 새학기를 맞이한 학교 운동장 구석구석에 봄기운이 도착해 있겠지요.

몇해 전 강원도 원주에서 3월을 보냈는데요. 매화나무가 길게 늘어선 길을 걸으며 이상한 감동에 젖은 적이 있었어요. 저녁이 되어도 잔상이 남아 시를 한편 썼습니다. 「줄지어 선 매화나무 곁을 지날 때」(『베누스 푸디카』, 창비 2017)라는 제목의 시입니다. 매화나무를 지팡이 삼아 걸음을 옮길 때마다 앞이 사라지는 기분, 세상이 온통 옆과 뒤뿐인 것 같다는 기분을 느끼며 둥둥 떠밀리듯 걷던 기억이 나네요. 머릿속을 채우던 잡다한 고민이 작아지고, 매화나무로 가득한 제 옆이 세상의 전부가 아닐까 하는 생각이 들었습니다.

다시, 봄입니다. 생강나무에 생강꽃이, 매화나무에 매

화가, 목련나무에 목련이 피어나는 게 기적 아닐까요? 기적이 봄의 외투를 걸치고 여기저기서 돋아나는 때입니다. 당신의 기적을 당신이 찾기에도 좋을 때지요.

봄의 한복판에서 만나요, 우리.

E& 에세이&

마음을 보내려는
마음

초판 1쇄 발행 2024년 8월 16일

지은이 박연준
펴낸이 염종선
책임편집 박지영
조판 박지현
펴낸곳 (주)창비
등록 1986년 8월 5일 제85호
주소 10881 경기도 파주시 회동길 184
전화 031-955-3333
팩시밀리 영업 031-955-3399
         편집 031-955-3400
홈페이지 www.changbi.com
전자우편 lit@changbi.com

ⓒ 박연준 2024
ISBN 978-89-364-3957-6 03810